KB113256

초보 채식인의 채소로운 일상 기록

채식 일기

온느 지음

컨셉진

채소가 주인공이 된 일상

4년 전, 몸도 마음도 지쳐버린 시기에 친한 후배의 추천으로 시작된 채식.

만성 소화불량과 피로감, 우울감을 안고 살던 시기에 우연히 회식 자리에서 만난 회사 후배가 채식을 권했다. 피부 질환으로 고생하던 그녀는 채식을 시작한 지 1년 만에 깨끗한 피부는 물론 일상에 활력을 얻었다며, 몇 가지 책과 다큐멘터리를 추천해주었다. 그녀가 추천해준 책과 영상에서 나는 충격적인 이야기를 알게 되었다. 그 속에는 내가 알고 있던 건강한 식습관과 꽤 거리가 있는 사실이 존재했고, 지금까지 초점 없이 바라봤던 환경문제를 좀 더 선명하게 볼 수 있게 되었다. 이렇게 책과 영상을 시작으로 내 일상이 채식으로 점차 물들어갔다.

매일 채소가 주인공이 된 식탁을 마주하며 '어떻게 하면 좀 더 다채로운 채식 일상을 즐길 수 있을까?'와 같은 고민을 계속했다. 좀 더 맛있는 걸 먹고 싶은 건 채식 전이나 후나 모두 똑같기에 각종 채식 관련 요리책을 사 모으고, 쿠킹 클래스를 다니며 채식 요리의 세계로 발을 들이게 되었다. 이렇게 외식 대신 집밥으로 채식 일상을 꾸려나가며 어설픈 요리 실력도, 지친 몸과 마음도 조금씩 나아지기 시작했다.

고요함 속에서 채소를 다듬는 시간, 채소가 익어가는 오감만족의 시간, 단정하게 차려 오롯이 식사에 집중하는 시간이 쌓여 스스로를 다정하게 돌볼 수 있었다. 늘 식탁 위 조연 역할을 서슴지 않던 채소들을 좀 더 애정 어린 눈으로 바라보며, 글을 쓰고 레시피를 차곡차곡 쌓아온 지난 날들.

이렇게 시작된, 지극히 평범한 일상 속의 소소한 채식 일기가 앞으로의 식생활을 좀 더 다채롭게 만들기를, 그리고 누군가의 채식 일상이 좀 더 풍성해지는 데 도움이 되길 바란다.

차례

초보 채식인의 채소로운 일상 기록

채식 일기

감자만큼
매력적인 배우가 없다

#1

감자는 다양한 요리의 재료로 사용된다. 나는 그러한 각종 요리 속 감자의 다양한 모습 중 찌개 속에 있는 감자, 즉 된장찌개 국물을 품은 감자를 참 좋아한다. 푹 끓인 된장찌개 국물과 감자를 함께 건져 밥 위에 쓱 비벼 먹으면 밥 한 그릇은 어느새 뚝딱 사라진다. 이런 내 모습을 오랫동안 봐온 엄마는 된장찌개를 끓일 때마다 두부보다 감자를 듬뿍 넣어주시곤 했다.

채식을 시작하고 요리를 제대로 하기 전까지 난 늘 조연급의 감자를 만났다. 가끔 사 먹던 햄버거 세트의 감자튀김, 회사 식당에서 나오는 감자채볶음 등 내 기억 속의 감자는 흔한 조연급 배우였다.

하지만 채식 요리를 하면서부터 순둥이 감자의 매력에 눈을 뜨게 되었다. 감자 본연의 수수한 맛과 포슬포슬하고 부드러운 식감 덕분에 많은 요리의 조연이 되기도 하고, 가끔 소박한 한끼의 주인공이 되기도 한다. 지금도 어릴 적 엄마가 만들어주신 방식대로 된장찌개나 강된장을 만들 때 감자를 듬뿍 넣어 먹는다. 이 외에도 수제 바질페스토와 선드라이토마토를 올린 감자피자와 〈리틀 포레스트〉에서 영감을 받은 쌀감자빵, 안주로 제격인 허브감자구이, 감자채전 등 감자의 다채로운 매력을 느끼고 있다.

최근에는 감자의 매력이 폭발한 요리를 만나 새로운 시도를 준비 중이다. 그 요리는 바로 감자옹심이다. 밀가루가 들어간 감자옹심이는 진짜가 아니라며 화통하게 웃으시던 어느 강원도 시장 내 식당 사장님의 자부심 가득한 감자옹심이 맛을 재현하고 싶어 감자와 강판을 주문했다. 과연 내가 감자의 매력 발산을 도울 수 있을지 설레는 마음으로 택배 도착 문자를 간절히 기다린다.

바나나의
전성기

#2

과일을 좋아하지만 내 돈으로 사 먹어본 적 없는 과일이 있는데, 그 과일은 바로 바나나다. 회사에서 아침 간편식으로 매일 바나나를 주는데, 대부분 받은 그대로 집에 들고 와 식탁 위에 던져두곤 했다. 식탁 위에 방치된 바나나는 껍질이 거뭇거뭇하게 변한 채 며칠간 놓여 있다가 그대로 쓰레기통에 들어가기 일쑤였다. 이렇게 바나나를 푸대접하던 중 엄마가 임신 기간에 가장 먹고 싶었던 과일이 바나나였다는 사실을 알게 된 뒤부터 바나나를 대하는 나의 태도는 바로 공손해졌다.

엄마는 나를 가지고 난 뒤 과일을 주식처럼 먹었는데, 아빠와 함께 과일 가게를 지나갈 때마다 "바나나 한번 원 없이 먹고 싶네"라는 농담을 툭툭 던지셨다고 했다. 그때 그 시절, 바나나 한 송이 가격은 만 원. 지금 물가로 치면 5~6만 원이었기에 빠듯한 생활비로 살림하는 것이 힘들었을 엄마에게 바나나는 다른 세상 과일이었을 것이다.

그러다 눈이 펑펑 오는 어느 겨울밤, 세상 무뚝뚝한 경상도 남자인 아빠가 바나나 한 송이를 들고 나타났다고 했다. 바나나 몇 개가 아닌 한 송이나 말이다. 이 일화를 얘기하는 엄마의 얼굴에, 장미꽃 100송이를 받은 것과 같은 그때의 감동이 남아 있는 것 같다.

내가 푸대접하던 바나나에, 엄마의 그 시절 추억이 담겨 있다는 것을 알게 된 뒤부터 바나나를 버리는 일은 더이상 생기지 않았다. 아니, 솔직히 말하자면 최근 정말 맛있는 레시피를 찾았다.

엄마의 이야기를 들은 뒤, 식탁에 덩그러니 놓여 있는 거뭇한 바나나를 어떻게든 먹어보자는 생각에 이런저런 시도를 하다가 마지막으로 시도한 요리는 바로 쌀바나나브레드였다. 밀가루가 들어가지 않아 속도 편안하고 바나나의 당분 덕에 설탕도 많이 들어가지 않아 부담 없이 먹기 좋은 간식이다.

친구와 회사 동료들이 다들 맛있다고 칭찬해줘서 어깨가 절로 올라가기도 했다. (심지어 요즘엔 처치 곤란인 바나나로 고민하는 친구에게 재료를 받기도 한다.) 이렇게 나의 채식 일상 속에서 바나나의 전성기가 찾아왔다.

쌀바나나브레드

거뭇하게 변한 바나나를 환생시키는
디저트로, 밀가루나 유제품 없이
만들어도 충분히 맛있어요.

재료
(작은 파운드틀 13*5.5*4.5cm
1개 기준)

박력쌀가루 55g

아몬드가루 40g

베이킹파우더 2g

베이킹소다 1.5g

비정제설탕 25g

소금 0.5g

시나몬가루 0.8g

치아시드 0.5T

물 1T(생략 가능)

호두(생략 가능)

현미유 20g

무가당두유 30g

바나나 1개(90-100g)

만드는 법

1 원하는 만큼의 호두를 오븐 170도에서 약 5분간 구워주세요
   TIP. 호두를 살짝 구우면 식감도 더 바삭하고 고소한 맛이 훨씬 풍부해져요.

2 치아시드와 물을 섞어 10분 정도 불려주세요
   TIP. 치아시드는 계란 대체재로 식감을 더 촉촉하게 하는 역할을 해요.

3 바나나와 현미유, 무가당두유, 비정제설탕, 소금, 시나몬가루를 넣고 섞어주세요.
   이때 바나나가 뭉치지 않게 잘 으깨어주세요.

4 3에 불려놓은 치아시드를 넣고 섞어주세요.

5 4에 박력 쌀가루, 아몬드가루, 베이킹파우더, 베이킹소다를 체 쳐서 넣은 뒤,
   미리 구워놓은 호두를 잘게 부셔서 넣고 섞어주세요.

6 파운드 틀에 현미유를 살짝 바르고 반죽을 부어준 뒤 잘 부풀 수 있도록
   가운데 칼집을 넣어주세요.
   TIP. 반죽 위에 호두를 올려주면 모양도 맛도 좋아져요.

7 예열된 오븐 170도에서 25~30분 정도 구워주세요.
   TIP. 잘 익었는지 확인하려면 나무 꼬치로 찔러 반죽이 묻어나오는지 살펴보세요.

8 차갑게 식힌 후, 원하는 크기로 잘라주세요.
   TIP. 식힌 후에 잘라야 단면이 매끄럽게 잘려요.

몰라봐서 죄송합니다.
시금치님

#3

내 고향 포항에는 특산물이 많다. 제일 유명한 건 아무래도 물회와 과메기겠지. 사실 난 최근 〈1박2일〉 포항 편을 보기 전까지는 이 두 개가 포항 특산물의 전부인 줄 알았다. 그런데 생각지도 못한 성게와 포항초가 특산물로 나왔고, 나는 그제서야 포항초의 존재를 알게 되었다. 내 고향 특산물에 시금치가 있다니, 그것도 포항이란 지역 이름이 붙어서 나온 최초의 채소라니!

도대체 왜 이렇게 포항초가 유명해진 걸까? 시금치는 겨울 해풍을 맞고 자랄수록 단맛이 더욱 깊어져 포항뿐만 아니라 남해 바닷가에서 난 시금치도 유명하다고 한다. 시금치도 사람도 차디찬 시간을 잘 이겨낸 뒤 성숙해지는 건 마찬가지인가 보다.

가끔 엄마가 시금치를 택배로 보내주셨는데, '슈퍼에서도 살 수 있는 흔한 시금치를 왜 보내주셨을까?'라고 생각하며 그냥 냉장고 채소 칸에 아무렇게나 넣어 내버려두곤 했다. 그런데 그게 귀한 포항초였다니! 허허. 이것 참, 귀한 걸 곁에 두고도 깨닫지 못하다니! 이렇게 포항초의 존재를 알아채고 나니, 나의 일상 속에서도 눈치채지 못하고 지나쳐버리는 소중한 것이 있지 않을까 싶어 오늘 하루를 되돌아보았다.

제일 먼저 회사 통근 버스가 떠올랐다. 왕복 2시간이 넘는 출근길을 대중교통이 아닌 통근 버스로 편안히 다닐 수 있다는 것. 그다음으로는 추운 날씨에도 잘 자라고 있는 반려식물들이 떠올랐다. 함께 첫 겨울을 맞이하며 걱정이 이만저만이 아니었지만, 다행히 새잎도 나고 아주 잘 자라고 있다. 이 외에도 내가 눈치채지 못한 것들이 얼마나 많을까? 좀 더 애정 어린 시선으로 일상을 바라볼 수 있길 바라며, 오늘 저녁은 귀한 포항초로 만든 페스토로 파스타 한 끼 뚝딱. 감사히 잘 먹겠습니다.

토마토매실절임과
함께 익어가는 겨울

　퇴근길이면 어김없이 지나는 채소 가게에서 저렴하게 판매하고 있는 방울토마토 한 상자를 샀다. 올겨울 내내 식후 디저트를 책임질 토마토매실절임을 만들기 위해서다.

　몇 년 전 어느 일식집에서 이 디저트를 맛보고는 눈이 동그래져서 맛있다고 물개 박수를 하니 셰프님이 웃으며 레시피를 알려주셨다. 필요한 건 식재료와 더불어 방울토마토의 껍질을 하나하나 까는 수고, 그리고 기다림이었다. 연말 분위기가 가득한 요즘, 오랜만에 찾아온 고요한 저녁 시간 동안 토마토매실절임을 만들다 보니 인생의 큰 전환점을 맞이한 지난 순간들을 되돌아보게 된다.

난 늘 새로운 분야에 대한 호기심이 정말 많았다. 다른 말로, 진득함이 부족하다고도 할 수 있다. 애증과 같은 이 호기심 때문에 나는 대학 시절 두 번이나 과를 바꿨고 졸업 후 사회에 나와서는 한 번의 이직, 심지어 사업을 해보겠다고 2년간 사내 스타트업에 도전했었다. 하지만 지금 내게 남은 건, '여러 분야에 새끼발가락 정도 담가본 경험'뿐이다.

스타트업 사업을 정리하고 다시 부서를 옮겨 모든 걸 새로 시작하려고 하니 참 막막했다. 책임급 연구원이 되어야 할 시기였기에, 빨리 일을 배워야 한다는 조급한 마음과 사업에 실패했다는 생각들이 날카로운 화살이 되어 스스로를 끊임없이 괴롭혔다. 그렇게 쌓여가는 스트레스 속에서 만성 소화불량에 역류성 식도염까지 겹쳐 급격히 살이 빠졌다.

대책이 필요해 찾은 방법 중의 하나가 채식이었고, 나머지 하나는 마음가짐의 변화였다. 조급해하고 힘들어하는 나에게 옆자리 선배는 늘 이렇게 말했다. "지금 네가 하는 일의 대부분은 시간이 필요한 일이야. 아무리 발버둥을 쳐도 어쩔 수 없어. 조금씩 시간이 지나면 지날수록 너의 경험 속에서 다 배울 수 있을 거야. 너무 걱정하지 마." 지금은 선배의 조언에 기대어 내 실력이 점점 익어가기를 기다리는 중이다. 이 토마토매실절임을 다 먹어갈 즈음엔 불안했던 내 마음에도 여유가 찾아오기를….

아무튼,
굴

#5

추운 날씨를 무지 싫어하는 내가 겨울을 좋아하는 이유 단 한 가지는 귤이 제철이기 때문이다. 두꺼워지는 옷과 차가워진 손발로 몸도 마음도 굳어질 즈음이면 새콤달콤한 이 과일이 눈에 띄기 시작한다. 요즘은 일 년 내내 먹을 수 있지만 겨울에 상자째 사서 먹는 게 제맛이다. 어느새 이렇게 귤의 맛도, 가격도 착한 겨울이 찾아왔다.

매해 겨울, 식탁 위 바구니에 귤을 한가득 쌓아두고 먹기만 했는데, 올겨울은 귤을 대하는 태도를 달리하기로 했다. 요리를 통해 귤의 다양한 매력을 좀 더 발굴해보기로 결심한 것이다. 그렇게 시작된 귤 탐구 일지를 기록해본다.

첫 번째 시도는 구운 귤. 친구들과 캠핑을 갔을 때 장작불에 귤을 구워보았다. 그 결과, 귤을 손으로 마구 으깬 뒤 전자레인지에 돌려서 먹으면 비슷한 맛이 날 것 같았다. 귤의 상큼한 맛은 사라지고, 맹물에 설탕을 탄 것 같은 단맛만 남았다. 분명 제주도에서는 겨울에 귤을 많이 구워 먹는다고 했는데…. 내 취향은 아닌 것 같다.

두 번째 시도는 귤잼. 이건 뭐, 맛이 없을 수가 없다. 모든 게 고된 노동과 올리고당 덕분이다. 귤껍질을 다 깐 뒤 냄비에 올리고당과 함께 듬뿍 넣고 오랜 시간 잘 저어주면 완성되는, 매우 노동집약적인 요리법이다. 빵에 발라 먹으니 귤 향이 듬뿍 나면서 시중에 파는 오렌지마멀레이드보다 쌉쌀한 맛도 없고 신맛과 단맛이 적절하게 섞여 질리지 않고 먹을 수 있는 맛이다. 이건 겨울의 끝자락에 귤을 잔뜩 사다가 만들어 쟁여놓아야 할 아이템이다. 봄과 여름에 귤 맛이 그리워질 때마다 한 병씩 꺼내서 빵과 함께 먹으면 찰떡일 듯하다.

세 번째 시도는 귤칩. 귤껍질이 수족냉증에 좋다는 말을 어디에선가 주워듣고는 어떻게 먹지 고민하다 귤칩을 만들어보기로 했다. 귤을 베이킹소다로 박박 씻은 뒤, 껍질째 얇게 썰어 오븐에 구워보았다. 껍질은 바삭하고 속은 쫄깃한 식감 덕에 겨울밤 맥주 안주로 딱이다. 그리고 이건 맛도 맛이지만, 굽는 동안 집

안 가득 퍼지는 귤의 향이 너무 좋았다.

이렇게 한 해가 갈 때마다 늘어가는 건 삶의 지혜만큼 '먹는' 지혜와 옆구리 살인 듯하다. 그래도 힘든 겨울을 날 수 있게 도와주는 귤이 참 좋다. 겨울엔 귤이 최고야.

관점의 변화는
새로운 맛을 낳는다

#6

어린 시절, 엄마가 가끔 저녁으로 콩밥을 할 때면 눈물 젖은 밥을 먹은 적이 많았다. 콩의 비릿한 맛이 너무 싫어 밥 속에 콩을 꽁꽁 숨겨두었다가 아빠한테 혼난 적이 한두 번이 아니었다. 숨겨둔 콩의 존재를 들키는 날이면 아빠 앞에서 그 많은 콩을 다 먹어야만 했다. 그럴 때면 눈물이 그렁그렁 맺힌 채 콩 한 숟가락을 가득 입에 넣고 신 김치를 잔뜩 넣어 그 맛을 덮으려 애썼다.

가지나물도 마찬가지다. 거무죽죽한 색감과 물컹거리는 식감이 너무 싫어 학창 시절 내내 가지나물로 내 젓가락을 가져가본 적이 없다. 그렇게 콩과 가지에 대한 편견을 잔뜩 안은 채 쭉 살아왔다. 대학 입학을 위해 고향을 떠나 대학 졸업과 취업 후 내

공간을 갖고, 집밥을 해 먹기 전까지 말이다.

콩으로 꼭 밥을 하지 않아도 되고, 가지를 활용한 음식은 나물 외에도 수없이 많다는 것을 요리에 관심을 두고 나서 알게 되었다. 가지로 밥을 할 수도, 파스타를 할 수도 있다는 것. 그리고 콩으로 브라우니를 만들 수 있다는 것도, 고기 대신 패티를 만들 수 있다는 것도 알게 되었다.

이렇게 요리를 하다 보면 머리로는 알고 있지만 실천하지 못하는 진리를 배우게 된다. 일상에서 보던 평범한 것들을 애정 어린 눈으로 볼 때 열리는 새로운 세상이 있음을 깨닫는 것과 같이 말이다.

병아리콩샌드위치

병아리콩으로 만든 패티와 좋아하는 채소를
듬뿍 넣고 만든 샌드위치는 균형 잡힌 한 끼
식사로 충분해요.

재료
(식빵 크기의 패티 1장 기준)

샌드위치 빵(치아바타, 식빵, 깜빠뉴 등)	홀그레인머스타드
병아리콩 1/2그릇	발사믹글레이즈
양파 1/2개	소금 1/4큰술
토마토 1/2개	후추 1/4큰술
양상추 1장 또는 버터헤드상추	올리브유 3큰술

만드는 법

1   병아리콩을 냄비에 넣고 푹 삶아주세요.

    TIP. 병아리콩을 많이 삶을 때는 밥솥을 사용하면, 좀 더 쉽고 빠르게 조리할 수 있어요.

2   병아리콩을 삶는 동안 양파를 잘게 다지고, 토마토와 양상추를 원하는 크기로 잘라
    준비해주세요.

    TIP. 버터헤드상추를 사용하면 식감이 좀 더 부드러워져요.

3   삶은 병아리콩, 다진 양파, 소금 1/4큰술, 올리브유 2큰술, 후추 1/4큰술을 함께 넣은 뒤
    병아리콩을 으깨면서 잘 섞어주세요.

    TIP. 바질가루가 있으면 같이 넣어주세요. 허브 향으로 맛이 더 풍부해져요.

4   원하는 모양으로 병아리콩 패티를 만든 뒤, 올리브유 1큰술을 두른 프라이팬에
    노릇하게 구워주세요.

5   빵 위에 홀그레인머스타드를 바르고, 준비한 채소와 패티를 차곡차곡 쌓아
    발사믹글레이즈를 취향에 맞게 뿌려주세요.

힘 빼는 데는
된장찌개가 최고

#7

언젠가 눈에 보이지 않는 무언가를 움켜쥐고 싶어 어깨와 팔에 가득 힘이 들어간 내 모습을 보았다. 하지만 어떻게 힘을 빼야하는지 도무지 알 수 없었던 지난날, 나는 그렇게 온몸에 가득 힘을 준 채 그 시절을 보냈다. 그때로부터 시간이 꽤 오래 지난 요즘에서야 힘 빼는 법을 하나씩 배워가고 있다. 지금까지 발견한힘 빼는 세 가지 방법은 다음과 같다. 첫 번째, 일기를 쓰면서 매일의 나를 객관적으로 바라보기. 두 번째, 내가 생활하는 공간 곳곳에 좋아하는 (쓸모없지만 보면 기분이 좋아지는) 아이템 배치하기. 세 번째, 스스로 잘 챙겨 먹기. 그리고 먹을 때는 온전히 식사에 집중하기. (넷플릭스, 유튜브 시청 금지)

특히 세 번째 방법을 시도할 때 가장 많이 먹는 음식은 내 소울푸드 된장찌개다. 나에게 된장찌개란 오늘, 내일, 모레, 모레그다음 날, 그다음다음 날, 이렇게 매일매일 먹어도 괜찮은 음식이다. 된장을 참기름에 살짝 볶은 후, 채소를 듬뿍 넣고 채수와 함께 끓이다 두부와 청양고추로 마무리한 된장찌개는 하루의 피로를 풀기에 더할 나위 없이 좋은 음식이다. 유독 회사 일로 힘든 날이면 퇴근 후 밥 한 그릇과 팔팔 끓는 된장찌개로 바짝 긴장한 몸을 노곤하게 만들었다.

앞으로도 온몸 가득 힘을 주고 살아야 하는 날이 많겠지만 그만큼 힘 빼는 방법도 더 많이 알게 되겠지. 어떠한 상황에서도 힘을 빼고 몸과 마음의 여유를 잃지 않는 내가 되길 바란다.

고구마에게 배우는
균형

#8

엄마가 직접 키운 고구마를 보내주셨다. 손이 큰 엄마 덕에 창고를 가득 채운 고구마를 바라보며, 이 많은 고구마를 어떻게 다 먹어야 할지 고민하다가 고구마말랭이를 만들기로 했다. 인터넷을 찾아보니 고구마를 삶아서 껍질을 깐 뒤, 적당한 크기로 썰어서 말리는 방법이 많이 나와 있었다.

그러다 문득 '껍질도 같이 먹으면 안 돼?'라는 의문이 들었다. (솔직히 말해 껍질을 까는 것이 귀찮았다.) 그래서 조금 더 찾아본 결과, 새로 알게 된 사실이 있다. 고구마 껍질에 많은 영양소가 포함되어 있다는 것이다. 특히 고구마를 먹으면 소화가 잘 안되는 경우가 종종 있는데, 껍질째 먹으면 소화를 도와주는 성분

까지 같이 섭취할 수 있어 위장에 무리 없이, 편하게 먹을 수 있다고 한다.

고구마 알맹이는 산성, 껍질은 염기성이라 껍질을 벗긴 고구마를 먹으면 위산이 많이 분비되어 속이 불편해지기 마련이나 껍질을 같이 먹으면 산 성분이 중화된다고…. 놀라웠다. 이렇게 균형 잡힌 모습이라니. 어릴 때부터 오랫동안 고구마를 먹었지만, 고구마 껍질에 이런 성분이 있다는 사실을 이제서야 알았다. 이 외에도 고구마 껍질로 갈수록 식이 섬유가 더 많다는 것도, 항암 성분이 있다는 것도 알게 되었다. 늘 버리던 고구마 껍질에 대한 새로운 발견에 놀라울 뿐이다.

모든 만물이 각각 다 존재 이유가 있다는 걸 다시금 증명해주는 하나의 사례가 아닐까? 내 모습 중에도 버리고 싶은 부분도 있지만, 고구마 껍질처럼 어쩌면 그것마저 균형 잡힌 삶을 위해 꼭 필요한 건 아닐까? 오늘은 이렇게 고구마말랭이를 만들다 나 자신을 위로하는 법도 같이 배운다.

차 우려내는
시간

추워지는 날씨만큼 따뜻한 차가 맛있어지는 요즘, 매일 홈 카페를 열어 다양한 차를 즐기고 있다. 재스민, 히비스커스, 민들레, 루이보스, 계피, 얼그레이, 녹차, 귤껍질 등 이렇게 다양한 재료들이 따뜻한 물에서 각기 다른 향과 색을 내뿜는 걸 지켜보며 문득 '나는, 내가 있는 곳에서 어떤 향과 색을 내고 있을까?'라는 생각이 들었다.

차가 우려지는 것처럼 나 또한 내가 소속된 직장 동료들, 주변 친구들, 가족들에게 어떤 모습으로, 어떤 영향을 미치고 있을지 고민해본 적이 있었나? 차를 우려내는 잠깐의 시간이면 나 자신을 돌아보기에 충분한데 무엇이 그리 바빠 바깥에만 시선을 두고 살았을까? 뭐가 그렇게 만족스럽지 못했던 걸까? 이런 생각들은 스스로 '나를 탓하는 동굴' 속으로 몰아넣었고, 나는 한참 동안 동굴에 머물렀다. 동굴에서 나오지 못하고 울적한 기분을 맥주 한 캔으로 달래보고자 냉장고 문을 열려고 하는 순간, 예전에 강릉 여행 때 방문했던 서점 문우당에서 받은 엽서가 눈에 들어왔다.

"내가 남기는 걸음마다 그 흔적이 아름답기를
내가 살아온 궤도에서 푸르름이 느껴지기를
내가 함께한 사람들의 기억 속에 온기가 남기를."

이 엽서를 처음 보았을 때 울렁거리는 마음으로 지난 삶에 대해 반성하며, 집으로 돌아온 뒤 일상에서도 이 마음을 기억하고 싶어 냉장고 문에 붙여놓았던 기억이 났다. 그건 나름 나 자신을 돌아보려 노력한 흔적이었다. 그랬었지. 일상을 살면서 순간 '아차' 하며 의식적으로 더 나은 사람이 되려 노력했다가, 곧 잊어버린 채 살아지는 대로 살다가 또 '아차' 하는 순간의 반복이었지. 마치 바른 자세를 가져보겠다며 허리를 쭉 펴서 앉아 있다가 어느새 다시 구부정한 자세로 앉은 나를 발견한 것 같은 기분이다.

이 반복적인 노력과 망각의 파동 끝에는 더 나은 내가 있길 바라며 좀 더 자각하는 삶을 살도록 노력해야겠다.

시래기와
제로 웨이스트

#10

초겨울, 김장이 끝나면 엄마는 늘 남은 무청을 깨끗이 씻어 빨랫줄에 널어두셨다. 그렇게 겨울의 찬 바람으로 말려진 무청은 된장 또는 고등어들과 함께 뚝배기에 푹 지져진 뒤 어린 내 입속으로 들어가곤 했다.

그때는 몰랐다. 그게 시래기라고 불리는지도, 원래 버려질 것이었다는 사실을 말이다. 무는 깍두기 등의 다양한 식재료로 활용할 수 있지만, 별로 쓸모없어 보이는 무청은 햇빛과 찬바람에 말리면 영양소가 더 풍부해지고 겨울에 부족한 비타민을 보충할 수 있다. 엄마와 할머니 그리고 할머니의 엄마는 예전부터 이미 식생활에서 '제로 웨이스트'를 실천하고 계셨다.

《위키백과》에서는 제로 웨이스트를 "모든 제품이 재사용될 수 있도록 장려하며 폐기물을 방지하는 데 초점을 맞춘 원칙"이라고 설명하고 있다. 최근 주변에서 제로 웨이스트에 관심을 가지는 친구들이 생기면서 나 또한 나의 일상 속, 내가 바로 실천할 수 있는 주방에서부터 제로 웨이스트를 조금씩 실천하고 있다.

랩 대신 실리콘 덮개, 비닐봉지 대신 반찬통, 물 배달 대신 정수필터 물통, 카페에 갈 땐 텀블러, 장 보러 갈 땐 장바구니 사용하기. 그리고 즉석 밥 대신 밥 지어 냉동실에 보관하기, 배달 음식보단 집에서 밥 해 먹기, 음식 재료 남김없이 사용하기, 친환경 비누와 세제 사용하기 등. 이는 지금까지 내가 버린 많은 쓰레기와 환경을 오염시킨 화학물질에 비하면 너무 미미한 실천일 것이다. 하지만 앞으로 살아가는 동안, 먹는 것과 입는 것 등 내가 소비하는 물건과 내가 살아가는 지구 환경에 대해 좀 더 치열하게 고민하는 사람이 되고자 한다. 이유는 단순하다. 매년 즐겨먹던 봄나물이 자취를 감춰버리고, 신선한 과일을 먹을 수 없고, 산소마스크 없이 외출할 수 없는 끔찍한 미래를 상상해볼 때 미래의 내가 지금의 나를 탓하며 후회하도록 내버려두고 싶지 않기 때문이다. 이런 미래는 정말 상상 속에서만 존재하기를, 건강한 지구와 환경을 위해 작은 노력이라도 보태고 싶다.

첫눈과
감자양송이수프

#11

올해 첫눈을 맞이한 주말 아침, 지붕 위 하얗게 쌓인 눈을 보고 '올겨울도 이렇게 또 왔구나'라고 생각하며 다시 이불 속으로 들어가 스마트폰을 만지작거렸다. 졸린 눈으로 메신저를 확인하니 대화창에도 눈이 내리고 있었고, SNS에는 각자 맞이한 첫눈 인증사진으로 가득했다.

겨울이 왔음을 실감하며 소박하게나마 첫눈을 기념하기 위해 따뜻한 감자양송이수프를 해 먹었다.

나에게 수프란, 날씨가 추워지면 생각나는 음식 중 유일한 양식 메뉴이다. 원래는 귤, 붕어빵, 고구마, 길거리 어묵, 과메기 정도였는데 지난해 겨울에 우연히 맛있는 수프를 먹고 난 뒤부터 겨울이 되면 종종 수프가 생각났다. 그 당시 수프 한 그릇에 감기 몸살이 다 나은 덕인지 추운 날이면 이 맛이 유독 그리워진다.

감자양송이수프의 부드러운 식감과 바게트의 바삭함으로 혼자 맞이한 첫눈의 아쉬움을 달래며 예년보다 몸도 마음도 차가운 올겨울, 따뜻한 한끼로 모두가 무사히 이 겨울을 이겨낼 수 있길 바란다.

허한 마음을
달래는 법

#12

'이유를 알 수 없는 허한 마음을 어떻게 달랠 수 있을까?' 오늘 하루 종일 한 고민이다. 허한 마음을 달래기 위해 가장 쉽게 선택하는 첫 번째 방법은 온라인 쇼핑하기. 두 번째 방법은 맛있는 음식 해 먹기. 평소 같으면 이 두 가지 방법으로 충분하지만, 오늘은 단순히 소비욕과 식욕으로 해결할 수가 없다. 나조차도 이해할 수 없는 욕구가 계속해서 선을 넘고 있다. 넘쳐나오는 욕구를 꾹꾹 눌러 담으려고 애를 써봐도 계속해서 넘쳐나오는 느낌이다.

난 도대체 무엇을 원하는 걸까? 내가 원하는 게 진짜 내가 원하는 걸까? 어떻게 살아야 만족하는 삶을 사는 걸까? 사소한 것에 감사하는 태도를 어떻게 지속할 수 있을까? 등 꼬리에 꼬리를 무는 답 없는 질문들이 나를 집어삼킨다.

어떤 날에는 안개가 걷힌 산길을 걷는 것처럼 상쾌한 기분과 함께 명확한 답을 찾은 것 같다가도 그다음 날엔 다시 안개 속에 둘러싸여 있는 것과 같은, 답답한 상태가 반복되고 있다.

《젊은 시인에게 보내는 편지》에서 라이너 마리아 릴케Rainer Maria Rilke는 이렇게 말했다.

"당신이 얻지 못한 답을 찾아내려 하지 마십시오.
어차피 당신은 그것을 경험하지 못했으니까요.
모든 것은 경험입니다.
당신의 질문에 대한 답을 직접 살아보십시오.
언젠가 자신도 모르는 새
해답 안에서 살고 있는 자신을 발견해낼 것입니다."

릴케의 말처럼 이 질문들과 함께 살아가는 법을 배워야 하는 것일까? 매일 스스로에게 질문하며 답을 찾다 보면 언젠가 자연스럽게 깨닫게 되는 걸까?

재택근무 중에 이렇게 하루 종일 멍하니 딴생각만 하다 보니 어느덧 저녁이다. 홀로 심각해진 나를 비웃는 듯한 꼬르륵 소리에 일단 떡볶이나 만들어 먹자며 양파, 파, 무, 마늘, 깻잎 등 각종 채소를 마구 썰었다. 그리고 고춧가루를 팍팍 풀어서 매콤하게 만든 무깻잎떡볶이 두 그릇을 해치우니 순간적인 포만감에 어느새 잡념은 저 멀리 사라져버렸다. 허한 마음을 탐구하기 전에 허한 배부터 채우는 게 우선임을 깨달은 하루였다.

무깻잎떡볶이

무는 전분을 분해하는 효소가 많아 소화에도 좋고
기관지와 폐 건강에 도움이 되는 채소예요. 감기
걸리기 쉬운 겨울철, 한끼 식사 또는 간식으로 무를
활용한 떡볶이 어떠신가요? (탄수화물이 걱정된다면
떡을 줄이고 무를 잔뜩 넣어 만들어보세요!)

재료
(1인분 기준)

무 1/3개
양파 1/2개
쌀떡 1/2그릇
깻잎 5장
올리고당 2T
다진 파 3T

물 또는 채수 1컵(다시마, 파 뿌리, 무, 말린
표고버섯을 우려낸 물)
양념장(고추장 1T, 고춧가루 2T, 진간장 1T, 액상
조미료, 1T, 다진 마늘 1T)

만드는 법

1   무를 채 썰어 올리고당에 버무려주세요.

    TIP. 토마토소스 유리병을 활용해보세요. 크기가 적당해 재활용하기 좋아요.

2   양념장 재료를 잘 섞어주세요.

3   올리고당에 버무린 무와 양념장을 냄비에 넣고 살짝 볶아주세요. 이때
    무에서 나오는 수분이 너무 적으면 물 또는 채수 1컵을 넣어주세요.

4   무가 어느 정도 흐물흐물해지면 떡과 다진 파를 넣고 푹 끓여주세요.
    살짝 맛을 보고 입맛에 맞게 진간장 또는 액상조미료로 간을 맞춰주세요.

    TIP. 끝맛이 심심하다 싶으면 다진 마늘 0.5T를 더 넣어주세요.

5   떡이 다 익으면 불을 끄고 깻잎을 잘게 썰어 살짝 버무려주세요.

겨울 무
한상차림

#13

"겨울에는 무, 여름에는 생강을 먹으면
의사를 볼 필요가 없다."

위의 중국 속담에서 말하는 것처럼, 무는 사계절 나는 채소지만 몸에 가장 좋은 무는 겨울 무라고 한다. '동삼', 겨울의 산삼이라고도 불릴 만큼 겨울 무가 몸에 좋은 이유는 무엇일까? 추운 날씨로 신선한 채소를 구하기 어려운 겨울에, 무는 비타민 공급처이자 추위로 활동력이 떨어진 소화 기관의 기능을 도와주는 역할을 하며 몸의 기운을 북돋아준다고 한다. 차가운 땅속에서 단단히 제 몸을 꼿꼿이 세운 채 몇 개월을 버티며, 혹독한 환경 속에서도 성장하기 위해 얼마나 애를 썼을까? 그렇게 무가 견뎌낸 인내의 열매를 맛볼 수 있다니. 참 감사한 일이다.

무처럼 겨울을 이겨내야 더 큰 꽃을 피우는 식물도 있다. 올해 반려식물로 데려온 '수국이'도 그러한 꽃이다. 우리 집에서 첫 겨울을 맞이하는 '수국이'의 겨울나기를 어떻게 해야 하는지 고민이 많았다. 집 안으로 들여놓고 따뜻하게 키워야 할지, 베란다에 두고 햇빛을 마음껏 쐬게 해야 할지 갈팡질팡하던 차에 알게 된 사실이 있다. 겨우내 베란다에서 찬 바람을 견뎌낸 수국은 다음 해에 더 큰 꽃을 피운다는 것이다. 겨울 무도, 수국도 그리고 나도 힘들었던 시간이 지나고 나면 좀 더 성장하는 존재인 건 똑같은 듯하다. 나도 자연의 일부이기에 당연한 이치겠지. 이렇게 겨울 무 한 상에 담긴 기운을 몸과 마음에 두둑이 쟁여서 올 겨울을 건강히 보낼 수 있길 바란다.

튀김이
뭐라고

　오늘 퇴근할 때부터, 아니 사실은 오후 근무 내내 튀김 생각뿐이었다. 첫 튀김 요리를 시도하던 날, 끓는 기름에 불이 붙어 집을 다 태워먹을 뻔했다. 지금 생각해도 심장이 덜컥한다. 그 이후 새로 산 튀김 냄비를 구석에 내버려두었다가 다시 튀김 요리에 도전하기로 마음먹었다. 이렇게 다시 용기를 갖게 된 이유는 더할 나위 없이 단순하지만 강력하다. 단지 바삭한 튀김옷과 그 안에 숨은 촉촉한 가지가 일품인 가지튀김이 먹고 싶었기 때문이다. 단골 중국집이 문을 닫으면서 가지튀김 요리를 먹지 못한 지 오래되었고, 퇴근 후 직접 만든 바삭한 튀김에 맥주 한잔하는 순간을 상상하니 하루의 끝이 완벽할 것 같은 생각이 들었다. '어떻게 해서든 내 손으로 만들어 먹어보리라' 다짐하고 필요한 재료와 레시피를 철저하게 준비한 후, 드디어 가지를 튀기는 날이 찾아왔다.

　집에 도착하자마자 가방과 겉옷을 쇼파에 던져둔 채 비장한 마음으로 튀김 냄비를 인덕션에 툭 올려놓았다.

같은 실수를 반복하지 않기 위해 레시피를 다시 점검하고 재료를 다듬어 그릇에 모아두고 최적의 동선을 짰다. 도대체 튀김이 뭐라고, 회사에서는 볼 수 없는 엄청난 집중력을 발휘해 정성스레 요리하고 있는 내 모습에 헛웃음이 난다. 그래도 이 집중력 덕에 아주 만족스러운 저녁 식사를 했다. 혀에서 느껴지는 바삭바삭한 식감에 성취감까지 느껴진다. 이 맛에 튀김 요리를 하는구나.

튀김이 뭐라고 이렇게 뿌듯한 감정이 든단 말인가? 앞으로 일상 곳곳에 작은 도전들을 놓아두고 성취감을 맛보는 삶을 살아야지.

보이지 않지만
맛볼 수 있는 세상

오랜만에 냉장고에 잠자고 있던 발효종(르뱅)을 꺼내 빵을 구우니, 미생물과 동고동락하던 시간이 떠올랐다. 발효빵, 막걸리, 요거트. 지금까지 집에서 보이지 않는 미생물과 씨름하며 만든 발효 음식들이다.

직접 막걸리를 만든다고 온 집 안을 술 익는 냄새로 가득하게 하고, 발효빵을 만들어보겠다고 새벽에 일어나 발효종에 밥을 주며 애지중지 키우기도 하고, 유산균을 팍팍 넣어 만든 두유 요거트를 세상 행복하게 먹은 적도 있었다. 이 음식들로 인해 발효의 매력에 빠져 온갖 미생물과 동고동락했다. 보이지 않지만, 그 작은 세상에 일어나는 수많은 사건 덕분에 맛볼 수 있는 그 특별한 '맛'이 참 좋다. 그리고 기다림이 필요한 것도 좋다.

처음엔 막걸리가 익는 시간, 빵이나 요거트가 발효되는 시간이 한없이 지루하게 느껴졌다. 그러나 이제는 기다림 덕에 발효

된 막걸리, 빵, 요거트 그 첫입의 감동이 더 커짐을 안다. 내 일상, 인생 속에 이미 녹아 있는 사소한 습관들과 머릿속 깊이 자리잡은 생각들은 시간이 지난 뒤 어떤 풍미를 넣을까? 기대하는 마음으로 요즘 내 하루의 습관과 생각을 돌이켜보게 된다.

맛의 표현과
식생활의 상관관계

사람이 느낄 수 있는 '맛'의 종류는 얼마나 될까? 기본적으로 혀에서 느낄 수 있는 단맛, 짠맛, 쓴맛, 신맛과 더불어 20세기에 발견된 우마미(우리말로 감칠맛)가 있다. 여기에 피부감각의 일종인 매운맛, 떫은맛 등 과학적으로 입증된 맛의 종류 외에도 문화마다 음식의 다양한 맛을 표현하는 단어가 있다고 한다. 음식 맛을 표현하는 단어가 많을수록 그 나라의 식문화가 더욱 풍성함을 알 수 있다는데, 이 말은 결국 음식 맛을 다양하게 표현할 수 있는 사람의 식생활이 다채롭다는 게 아닐까? 이런 면에서 한국 사람은 이미 다채로운 식생활을 즐기고 있는 듯하다. 예를 들어 매운맛과 관련된 표현만 봐도 맵다, 매콤하다, 매콤달콤하다, 얼큰하다, 칼칼하다, 알싸하다, 아리다, 얼얼하다 등 미묘하게 다른 매운맛을 표현할 수 있는 단어들이 있다. 이 외에도 단맛과 관련된 표현들 또한 달다, 달콤하다, 달짝지근하다, 달콤쌉쌀하다 등과 같이 무궁무진하다.

오늘 갑자기 맛의 표현에 대해 생각하게 된 건 피넛버터와 바나나의 조합을 처음 맛보았기 때문이다. 오늘 처음 맛보았기에, 이 맛을 표현해본 적이 없었다. 이 맛을 어떻게 표현하면 좋을까 고민하다 맛의 종류와 표현까지 궁금해졌다. 아무튼, 이 모든 궁금증의 시작은 피넛버터와 바나나 그리고 시나몬가루가 차곡차곡 쌓인 바게트였다. 바사삭 부서지는 바게트의 식감과 함께 달콤하면서도 살짝 아린 시나몬 향이 나면서 피넛버터의 찐득한 질감이 먼저 느껴진다. 혀를 살짝 텁텁하게 감싸는 피넛버터의 질감과 더불어 고소한 맛이 퍼지면서 바나나의 부드러운 단맛이 섞이는 순간, 바로 이때가 가장 맛있다. 그다음 잘게 찢어진 바게트의 조각들과 함께 꿀꺽 삼켰을 때 입안 가득 느껴지는 그 풍미를 말로 표현할 수가 없다. 이 맛있는 조합을 널리 알린 분은 진정 복 받으시길!

송이버섯의
독주

#17

추운 날씨가 계속되는 요즘, 뜨끈하면서 얼큰한 음식이 생각나 버섯누룽지탕을 해 먹었다. 냉장고에 있는 온갖 채소와 버섯을 다 사용해버리겠다는 마음으로 재료를 뒤적거리던 중, 냉동실에 고이 잠든 송이버섯을 발견했다. 추석 때 부모님이 보내주신 것을 다 먹지 못해 냉동실에 모셔놓았었다.

'오늘 메뉴는 오만 가지 버섯탕, 송이버섯까지 싹 다 넣어 한 번에 다 먹어버리자!'라는 생각으로 당근, 애호박, 양파, 청경채, 느타리버섯, 팽이버섯을 다 넣고 보글보글 끓이다 마지막에 누룽지와 송이버섯을 넣어 마무리하면, 오만 가지 버섯탕이 완성된다.

기대하는 마음으로 보글보글 끓는 뚝배기 속 국물을 한술 떠서 맛을 보는 순간, 아차 싶었다. 송이버섯 향이 음식 전체를 지배하고 있었기 때문이다. 묵묵히 제자리에서 각자의 역할을 하는 다른 재료들의 맛이 거의 느껴지지 않을 정도였다. 송이버섯의 향이 이렇게 강렬했단 말인가? 어느 정도 맛이 있긴 했지만, 송이버섯의 독주로 얼큰한 국물과 어울리는 채소와 버섯을 즐기고 싶었던 내 기대와는 다른 맛이 나왔다. 그래도 한 그릇을 뚝딱 비우고서, 조금 실망스러운 마음으로 설거지를 하다 문득 이런 생각이 들었다. '함께 일할 때 분명 송이버섯과 같은 영향력 있는 사람이 필요할 때도 있지만, 각 분야의 사람들이 균형 있게 협업을 한다면 오히려 더 좋은 결과를 가져올 수도 있겠구나!'

지난날, 일을 하면서 송이버섯과 같은 사람이 되고자 아등바등했던 내 모습이 떠올라 부끄러웠다. 그때 조금만 욕심을 버렸더라면, 균형 있게 일을 끌고 나갔더라면 지금처럼 후회하는 일이 조금은 줄어들었을까? 송이버섯의 진한 향을 기억하며 앞으로 이런 과오를 또 반복하지 않으리라 다짐해본다.

나만의
건강 관리법

18

요즘 내 최대의 관심사는 바로 '오늘은 어떤 음식을 해 먹을
까?'이다. 식사 메뉴를 선택할 때는 내 몸 상태와 기분에 따라 고
르기도 하지만, 집 앞 슈퍼에서 운 좋게 발견하는 식재료에 따라
결정하기도 한다.

오늘은 겨울 간식과 함께 막걸리가 생각나는 날. 갓 구운 고
구마와 직접 만든 찐빵, 내가 좋아하는 귤 그리고 막걸리로 저녁
을 먹었다. 재택근무로 집에 있는 시간이 길어진 요즘, 내 건강
과 즐거움을 위해 에너지를 쏟는 것에 아낌이 없다. 이런 시간
덕분에 날이 갈수록 포동포동 살이 오르고 얼굴빛도 좋아지면서
사람이 한결 여유로워진 것 같다. 나 자신을 돌보는 시간이 많아
져 그런 것이겠지.

스타트업 사업과 부서 이동으로 매일이 전쟁 같던 4년 전, 몸
과 마음을 돌볼 겨를이 없었고 퇴근 후 늘 레토르트식품으로 끼

니를 때우고 지쳐 잠들기를 반복했다.

좋지 않은 식습관도 문제였지만 극도로 스스로를 몰아세운 탓에 내면의 진정한 목소리가 새어나올 틈이 없었다. 이 때문에 몸도 마음도 많이 아팠던 건 아니었을까. 그러다 우연히 채식을 시작하고 집밥을 해먹기 시작하면서 자연스레 내 몸과 마음의 상태를 주의깊게 바라보는 법을 배웠다. 이 덕분에 내 몸과 마음의 건강을 위해 단순하지만 강력한 생활 수칙이 생겼다. 바로 스스로 잘 먹이기. 이제는 평온한 일상 속 거센 파도가 종종 밀려올 때면 가장 먼저 밥심을 두둑히 채운다. 그럼 좀 더 여유롭게 파도를 넘을 수 있는 자신감도 함께 쌓여가는 기분이다.

그나저나, 내일은 뭐 해 먹지?

표고버섯의 변신

#19

참새가 방앗간을 지나치지 못하듯 나 또한 퇴근길에 꼭 들르는 동네 슈퍼가 있다. 신선한 채소를 저렴한 가격으로 판매하는데, 가끔 운이 좋으면 특가에 좋은 채소를 한아름 들고 올 수 있다. 어제는 그런 운 좋은 날이었다. 특가로 판매 중인 표고버섯을 두 봉지나 사 들고 왔다.

이 튼실한 표고버섯으로 무엇을 해 먹을까 고민하는데 갑자기 초밥이 떠올랐다. 사실 예전부터 채소초밥에 대한 레시피를 많이 찾아보았는데, 한 번도 먹어본 적이 없었기에 요리하기를 주저하고 있었다. 솔직히 말하면 '과연 이게 정말 맛이 있을까?'라는 생각이 컸다. 내가 아무리 채소를 좋아한다고 해도, 덩어리진 밥 위에 채소 한 점이 얹어져 있는 채소초밥이 영 맛있어 보이지 않았기 때문이다. 그래도 이왕 생각난 김에 '맛만 볼까?'라는 마음으로 얼려놓은 냉동밥을 꺼내 조금만 만들어보았다.

그런데 이게 웬걸, 제일 처음 완성한 초밥을 맛볼 겸 한입 먹는 순간에 느낀, 무한 젓가락질을 할 수 있을 것 같은, 담백함과 감칠맛에 소심하게 조금만 만들기로 한 나를 탓했다.

간장, 식초, 맛술, 올리고당, 그리고 다시마 한 장 정도의 단순한 양념 재료와 표고버섯만으로도 이런 맛을 낼 수 있다니! 된장찌개나 국, 나물과 같은 한식에서 자주 접했던 표고버섯과는 다른 모습을 발견했다. 초밥이라는 단순한 구성을 통해 오히려 표고버섯의 식감과 버섯이 품고 있는 즙의 매력을 한껏 더 느낄 수 있었다. 채소나 사람이나 어떤 환경에 놓여 있는지에 따라 색다른 모습을 드러내는 건 똑같은 것 같다.

표고버섯초밥

표고버섯을 대하는 새로운 방법! 식감과
즙 덕분에 초밥 재료로도 훌륭한 표고버섯,
초밥으로 색다른 맛을 즐겨보세요.

재료
(초밥 9개 기준)

밥 1그릇	진간장 3T
식초 1T	맛술 1T
설탕 1/2T	올리고당 2T
소금 1/4T	다시마 1장
고추냉이 조금	물 1컵
표고버섯 3개	

만드는 법

1   진간장, 맛술, 올리고당, 물, 다시마를 프라이팬에 넣은 뒤 끓여주세요.

2   간장소스가 끓기 시작하면 얇게 썬 표고버섯을 넣고 졸여주세요.

3   식초와 설탕, 소금에 잘 버무린 밥을 초밥 모양으로 뭉친 뒤 그 위에
     간장소스에 졸인 표고버섯을 올려주세요.

     TIP. 취향에 따라 고추냉이를 밥 위에 조금 얹어 같이 먹으면 더 맛있어요.

세상에
당연한 것은 없다

최근 영화를 보는 시간이 많아졌다. 특히 SF영화를 주로 보았는데, 신기하게도 모든 영화가 환경에 대한 메시지를 담고 있었다. 〈테넷〉, 〈인터스텔라〉, 가장 최근에 본 〈라스트 온 어스〉까지 말이다.

더는 사람이 살지 못할 만큼 파괴된 환경이 모든 이야기의 시작이었다. 암담한 미래를 보여주는 여러 장면 중, 특히 〈라스트 온 어스〉에서 남자 주인공이 신선한 샐러드를 감격스럽게 먹는 모습을 보며 새삼 무서워졌다. 샐러드를 자주 먹는 나에게 신선한 채소를 구할 수 없는 일상이 찾아온다면 어떨까? 상상하고 싶지도 않다.

이 영화 속 장면처럼 지금 당장 신선한 채소와 과일을 먹을 수 없는 것도 아니고, 푸른 강과 바다 그리고 산을 볼 수 없는 것도 아니고, 숨을 쉴 수 없을 만큼 대기오염이 심한 것도 아니다.

하지만 이 모든 것이 내 미래, 또는 아이들의 미래, 다음세대가 마주할 현실이라는 건 분명해 보인다.

예전 코로나 19 팬데믹 기간 동안 이전의 당연했던 일상이 당연하지 않았듯이, 지금 당연하게 누리고 있는 우리 주변의 자연이 미래에는 당연하지 않을 수 있다. 사실 채식을 시작하기 전에는 당연하다고 생각했다. 내가 먹는 채소와 과일, 숨 쉬는 공기, 힐링을 위해 떠났던 바다와 산. 이 모든 것이 영원할 줄로만 알았다. 이전에 내가 바라본 환경문제를 피부로 느껴지는 감각으로 표현한다면 '당장 행동을 취하지 않을 만큼의 간지러움' 정도였다.

하지만 지금은 '바로 휙 돌아볼 만큼의 찌릿함' 정도로 변해가고 있다. 기상이변으로 인해 농수산물 수확이 어려워져 가격이 급등했다는 뉴스, 자본주의 논리에 따라 종을 개량해 전 세계 생물의 다양성이 줄어듦을 경고하는 책 등을 통해, 예전에는 쓱 흘겨보았던 현실을 똑바로 마주하자 당연했던 것들이 당연하지 않아졌다는 걸 깨닫게 되었다. 이러한 현실에서 지금 내가 당장 할 수 있는 실천은 최대한 플라스틱과 비닐 사용을 줄이고, 채식 베이킹으로 주위 사람들에게 조금이나마 채식에 대한 새로운 인식을 심어주는 것이겠지. 많이 늦었겠지만, 되돌릴 수 없을 만큼 늦지 않았기를 간절히 바란다.

냉동밥의
재탄생

#21

저녁 식사를 하기에 앞서 꽁꽁 얼려놓은 냉동밥을 데워 김에 싸 먹을지, 열무김치에 비벼 먹을지 고민하고 있는데 냉장고에 있는 토마토가 눈에 띄었다. 그리고 〈더 먹고 가〉라는 요리 프로그램에서 고(故) 임지호 셰프님이 토마토밥을 만드시던 장면이 떠올랐다. 그래. 오늘은 토마토밥이다!

냉장고에 있는 자투리 채소를 잘게 다지고 토마토 속을 파낸 뒤 잘게 잘라 참기름을 넣어 볶은 다음, 해동한 냉동밥을 넣고 휙휙 섞은 뒤 속을 파낸 토마토에 꾹꾹 담아 오븐에 굽기만 하면 끝이다. 만드는 과정과 재료는 간단하지만, 맛은 단순하지 않았다. 칼과 포크로 쓱쓱 잘라 한입 먹는 순간, 새콤달콤한 토마토와 고실고실한 볶음밥 그리고 참기름의 고소한 향이 어우러져 생각하지 못한 풍미가 느껴졌다. 일상적인 재료들로 이런 맛을 낼 수 있다니! 지극히 일상적인 내 삶은, 어떻게 요리해야 새로운 맛을 느낄 수 있을까?

우연히 발견한 토마토밥 레시피처럼 매일 반복되는 일상 속 무료함이 가득한 시기가 종종 찾아 올 때면 책장 한편에 언제든 꺼내볼 수 있는 나만의 '참신한 집밥' 레시피만 있다면 색다른 하루를 보낼 수 있지 않을까 싶다.

식재료 직구로 떠나는
해외여행

　새로운 장소나 이색적인 경험에 대한 호기심이 넘쳐나던 20
대 시절, 기회가 닿을 때마다 비행기를 타고 해외여행을 떠났다.
그리고 돌아올 때는 늘 여행한 나라의 특별한 양념이나 소스, 먹
거리를 사 오곤 했다. 한국으로 돌아와서도 여행의 순간을 오랫
동안 추억하기 위해 선택한 나만의 방법이었다.

　이탈리아에서 산 발사믹과 올리브유, 트러플소금, 코타키나
발루에서 산 삼발소스, 베트남에서 산 쌀국수면과 라이스페이
퍼, 일본에서 산 쯔유와 메밀면, 인도네시아에서 산 여러 종류의
라면, 스페인에서 산 올리브통조림 등. 지금은 이 모든 게 흔적
도 없이 내 배 속으로 사라졌지만 그것들을 대신하여 요즘 내 부
엌 찬장을 채운 건 해외 직구로 구입한 식재료이다.

　반복되는 일상 속, 떠나고 싶은 욕망이 불쑥 올라올 때면 식
재료로 여행의 기분을 만끽하겠다며 잔뜩 구입한 수많은 향신

료, 이탈리아의 수제 파스타면과 다양한 간식거리, 각종 소스가 냉장고와 찬장을 가득 채우고 있다. 요즘은 이 식재료들 덕에 좀 더 다채로운 채식 일상을 누리고 있다. 언젠가 자유롭게 세계를 떠돌며 미식 여행을 할 날을 기다리며 오늘도 난 방구석 식재료 여행을 떠난다.

치킨의 탈을 쓴
두부

#23

채식을 시작한 이후 가끔 치킨 맛이 그리울 때가 있다. 바삭한 튀김옷과 달짝지근한 양념 그리고 쫄깃한 식감, 치킨의 이 삼박자를 대체할 만한 음식이 있으면 참 좋겠다고 생각했는데 평소 즐겨보던 유튜브 채널 〈서정아의 건강밥상 SweetPeaPot〉에서 치킨을 대체할 수 있는 레시피를 발견했다.

이름하여 마늘간장두부치킨! 얼린 두부의 물기를 쫙 빼 쫄깃한 식감을 살리고, 감자전분과 빵가루를 이용해 바삭한 식감을 더한 뒤 마늘간장 양념으로 마무리하면 치킨을 대체할 만한 맛을 만날 수 있다.

마늘간장두부치킨의 맛은 놀라울 정도로 정말 맛있다. 유제품과 계란 없이 빵을 만드는 다양한 비건 베이킹 레시피를 발견했을 때도 놀랐지만 치킨을 대체할 만한 레시피를 발견하게 될 줄이야…. 이 레시피 덕에 오늘 채식 한끼가 더욱 특별해졌다. 나 또한 언젠가 누군가에게 이런 맛을 선물할 채식 레시피를 만들어낼 수 있도록 매일 조금씩 성장하길….

순간을
사랑하라

#24

순간을 사랑하라.
그러면 그 순간의 에너지가
모든 경계를 넘어 퍼져 나갈 것이다.

– 코리타 켄트Sister Mary Corita Kent

언제 어디서든 볼 수 있게 책상 앞에 붙여두고, 스마트폰 배경
화면에 넣어둔 글귀다. 이 글귀에는 올 한 해 나의 큰 다짐이 담
겨 있기도 하다. '지금, 여기, 순간에 집중하고 감사하자'는 다짐
대로 살고자 했지만, 어느 순간에는 지금 가지지 못한 것에 불평
하고 또 어떤 순간에는 과거를 후회하고 미래를 걱정했다.

올해 내가 가장 사랑한 순간은 언제일까? 오븐에서 부풀어오
르는 빵을 지켜보는 순간, 보글보글 끓는 된장찌개의 첫술을 떠
한입 먹는 순간, 가지튀김과 맥주 한 잔을 마시는 순간, 잘 익은
토마토매실절임을 맛본 순간 등 그때 느낀 오감이 생생하게 떠

오를 정도로 내가 사랑한 순간들은 바로 요리를 하거나, 내가 요리한 음식을 먹을 때였다.

어찌 보면 올해의 나는 새로운 부서에서 일을 다시 시작하며 불안한 미래로 두려웠지만, 채식을 하며 '맛있는 저녁 만들어 먹기' 미션으로 하루하루를 잘 견딜 수 있었던 것 같다. 맛있는 음식을 먹는 일상 속 작은 행복으로 나 자신을 돌보았던 순간들이 모여 좀 더 단단한 내가 될 수 있었던 게 아닐까? 그리고 이 순간들 덕에 한 발짝 더 나아갈 수 있는 용기를 가지게 된 건 아닐까? 앞으로 어떤 순간들로 내 삶이 채워지든, 그 시간 속에 오롯이 집중하며 하루하루를 살아갈 수 있길 바란다. 올 한 해 선물 같은 순간들에 다시 한번 감사하며⋯.

만두 빚듯
올해를 마무리하기

#25

올해의 마지막 날, 만두를 빚었다. 밀대로 만두피를 한 장씩 동그랗게 밀며 한 해 동안 내 역량이 얼마나 늘었는지 되짚어보았다. 그리고 만두를 하나하나 빚으며 감사했던 일들, 아쉬웠던 일들, 행복했던 순간들 등을 소중히 꾹꾹 눌러 담았다.

이렇게 직접 빚은 시래기만두를 한입 먹는 순간, 입도 마음도 아주 만족스러운 한 해를 보낸 느낌이 들었다. 객관적으로 보면 성공적이고 멋진 시간을 보낸 것도, 내가 바라던 모습의 완벽한 내가 된 것도 아니지만, 온전한 나로 살아가는 법을 배운 시간이었다. 내년에도, 그리고 내후년에도 올해 배운 '온전히 나로 살아가는 법'을 실천하며 쭉 걸어갈 수 있기를, 걸어가는 그 길에서 아름다운 흔적을 남길 수 있기를….

시래기만두

흡사 김치만두 같기도 한 시래기만두는 아삭아삭
씹히는 숙주와 담백한 두부가 잘 어우러져
꽉 찬 맛을 느낄 수 있어요. 속 편한 채소만두를
찾으신다면, 시래기만두 한번 만들어보세요.

재료 (만두 12개 기준)	만두피	만두소
	밀가루 10T	데친 시래기 2줌
	소금 1/2T	숙주나물 1/3봉지
	물 1/2컵	두부 1/4모
	생강가루 1/4T(선택사항)	현미유 1T
		진간장 5T
		고춧가루 5T
		참기름 3T
		다진 마늘 1T

만드는 법

1 밀가루와 소금, 생강가루를 섞은 뒤 물을 조금씩 부어가며 반죽을 뭉쳐주세요.
   그리고 표면이 매끈해질 때까지 열심히 치대주세요.

2 반죽이 매끈해지면, 비닐이나 랩으로 잘 감싼 뒤 실온에 보관해주세요.

3 숙주나물을 프라이팬에 넣고 약간의 불 향이 날 수 있도록 살짝 볶아주세요.
   그리고 면포에 감싸 물기를 제거한 뒤 잘게 다져주세요.

4 두부와 데친 시래기를 잘게 다진 후 면포로 물기를 최대한 짜주세요.

5 물기를 짜낸 숙주나물, 두부, 시래기를 넣은 뒤 진간장, 고춧가루, 다진 마늘을 넣어주세요.

6 만두소를 촉촉하게 하는 참기름과 현미유(또는 포도씨유, 식용유 등)를 넣어주세요.

7 수분이 생기지 않도록 한 방향으로 저어가며 재료와 양념을 골고루 섞어주세요.

8 실온에 숙성된 반죽을 긴 원통형으로 늘린 뒤 썰어주세요. 그리고 밀대로 하나씩
   얇게 펴서 만두피를 만들어주세요.

9 만두소를 넣고 정성껏 빚은 뒤 다 만든 만두는 찜기에 올려 15분 정도 쪄주세요.

눈물 젖은
대파

#26

그 많던 대파는 다 어디로 갔을까? 얼마 전, 대파 한 단을 다듬어 냉동실에 한가득 넣어뒀는데 어느새 바닥을 보였다. 자동차에 기름이 부족하다고 경고등이 뜨면 불안하듯, 난 냉장고에 대파가 없으면 안절부절못한다. 내가 하는 대부분의 요리에 주로 등장하는 재료이기 때문이다. 대파가 없어 다급해진 마음에 집 앞 슈퍼로 달려가 대파 한 단을 사 온 뒤 비장한 마음으로 대파를 다듬기 시작했다. 얼마 지나지 않아 알싸하고 매운 대파 향의 공격에 바로 항복한 채 욕실로 달려가 손과 눈을 연거푸 씻었다.

그러다 별안간 '왜 대파를 다듬을 때마다 어김없이 눈물이 나고, 이미 봐서 내용을 알고 있는 드라마의 슬픈 장면을 볼 때도

눈물이 나고, 지나간 일에 대한 상처가 툭 스칠 때마다 눈물이 날까?'라는 생각이 들었다. 한 살 한 살 나이를 먹을 때마다 성장판이 닫히고 근육은 힘을 잃어가는데, 눈물샘은 그렇지 않은가 보다. 아니, 오히려 눈물샘 일대를 주름잡았던 세포들의 힘이 빠져 갑자기 쏟아지는 물 폭탄에 속절없이 당하고 있는지도 모른다.

그러다 이런 변화가, 세월이 주는 선물이라는 생각이 들었다. 누군가의 딸이나 아들, 누군가의 엄마나 아빠 또는 직장 내 팀장 등 사회적 역할이 겹겹이 쌓여갈수록, 다시 말해 온전한 내 모습이 점점 자취를 감춰갈수록 좀 더 자신의 감정에 솔직해질 수 있게 세월이 주는 선물인 것 같다. 특히 슬픔이란 감정을 잘 돌보라고 눈물이 많아지는 건 아닐까?

이렇게 눈물이 나는 게 자연의 뜻이라면, 물 폭탄이 쏟아질 때 억지로 참으려 하지 말고 그냥 모든 힘을 빼고 물길을 열어 마음껏 울어야지.

내가 꿈꾸던
빵 굽는 일상

#27

천연 발효빵 한 덩이를 굽는 일은 나에게는 적어도 20시간 이상의 기다림과 노력이 필요한 일이다. 냉장고에서 잠자고 있던 천연 발효종을 깨우는 데 2시간, 밀가루와 발효종 그리고 물과 소금을 넣고 반죽을 하는 데 3시간, 다시 냉장고에서 저온 발효하는 데 15시간, 차가운 반죽의 온도가 올라가기를 기다린 후 원하는 모양을 만들어 발효시키는 데 3시간, 그 외 설거지하고 정리하는 시간 등을 포함하면 꼬박 하루가 걸린다.

이렇게 고된 일을 자처하는 이유는 집 안 가득 퍼지는 구수한 빵 냄새와 갓 구운 빵을 먹을 때의 행복은 그 어디에서도 얻을 수 없기 때문이다. 그리고 '무슨 샌드위치를 해 먹을까?'와 같은 행복한 고민을 할 수 있는 것도 빠질 수 없는 이유다.

그렇게 탄생한 오늘의 브런치 메뉴는 표고버섯오픈샌드위치. 후무스를 듬뿍 바른 뒤 표고버섯과 바질, 발사믹크림소스를 얹어 먹었다. 천연 발효종으로 만든 바게트는 고생해서 만들어서 그런지 더 맛있게 느껴져 그 큰 바게트 반 덩어리를 만들자마자 다 먹어버렸다.

그렇게 통통해진 배를 두드리며 퍼져 있는데, 문득 20살 때부터 맛있는 천연 발효빵집을 찾아다니던 때가 떠올랐다. 여기저기 빵 투어를 다니다 가끔 갓 나온 빵을 마주할 때면 얼마나 즐거웠던지, 그때는 정말 막연하게 '언젠가 내가 직접 천연 발효빵을 만들어 갓 나온 빵을 실컷 먹고 싶다'라는 생각을 자주 했었다. 그런데 그때 그 생각이 지금의 일상이 되었다는 걸 이제야 깨달았다. 20대 시절 꿈꾸었던 작은 꿈이 이루어진 것이다.

이렇게 돌이켜보니 막연히 꿈꾸던 생각들이 오랜 시간 뒤 현실로 이뤄진 적이 많았는데, 까맣게 잊고 살았다. 생각의 힘이 얼마나 강력한지 말이다. 순간 돌덩이처럼 딱딱해진 바게트로 머리를 한 방 맞은 기분이 들었다. 미래를 기대하며 꿈꾸던 과거의 나는 어디로 간 것일까? 괜스레 나이 탓을 하며 변명해보지만 "비겁한 변명입니다"라고 외치는 목소리가 어디서 들리는 듯하다. 꿈꾸는 일에 야박했던 지난날을 반성하며, 앞으로는 지금의 내가 어떤 미래를 꿈꾸고 있는지 잘 들여다봐야겠다.

요란했던
새해 첫 출근

#28

새해 첫 출근 날, 늦잠을 자고 말았다. 잠에서 깨자마자 대충 옷을 껴입고 아직 어둑어둑한 새벽길을 전속력으로 달려 겨우 통근 버스를 탔다. 아마 최근 몇 년 동안 내가 낼 수 없었던 최고 속도였는지도 모른다. 사실 10시까지만 출근하면 되기에 요란하게 뛰지 않아도 되지만 스스로 약속했다. 새해에는 일찍 출근하기로 말이다.

그런데 이렇게 바로 첫날부터 늦게 출근하면 괜히 스스로에게 지는 기분이 들 것 같았다. 매너리즘에 빠진 나를 인정하는 것 같은 기분이랄까? 그렇게 일찍 출근해서 보니, 회사는 여전히 작년과 변함없이 바쁘게 돌아갔고, 내가 해야 할 일도 여전히 똑같았다. 환경은 여전히 똑같았지만 나와의 약속을 지켜서 출근했다는 것 하나만으로 약간의 의욕이 생겼다. (아니면 미친 듯 달려서 출근한 게 아까워서였는지도 모른다.)

아무튼, 이 작은 의욕으로 무사히 하루를 끝내고 돌아온 퇴근길은 생각보다 피곤했다. 피곤함에 저녁을 대충 먹으려고 했다가 그래도 오늘 하루 고생한 나를 위해 프라이팬 하나만 있어도 충분히 요리할 수 있는 새송이버섯토마토리소토로 저녁 메뉴를 결정했다. 양파, 가지, 새송이버섯을 잔뜩 넣고 토마토소스, 냉동밥을 넣고 볶아서 먹은 뒤 설거지도 간단해 아주 사랑스러운 음식이다.

이렇게 저녁 한 그릇을 챙겨 먹고 나서 채식 일기를 기록하고, 30분간 요가까지 하고 나면 내 몸을 잘 돌보겠다는 스스로와의 약속을 모두 지킨 완벽한 하루가 된다. 이처럼 반복되는 일상 속에서 나름의 의미를 부여하며 나와의 약속을 지키는 한 해가 되길.

새송이버섯토마토리소토

퇴근 후 냉장고에 있는 채소들과 프라이팬
하나로 간편하게 해 먹기 좋은 메뉴예요.

재료
(1인분 기준)

새송이버섯 1개   밥 1그릇
양파 1/4개   소금 1/4T
가지 1/2개   후추 1/4T
올리브유 1T   생 바질 잎 3~4개(선택사항)
토마토소스 6T

만드는 법

1 새송이버섯, 양파, 가지를 다져주세요. 리소토 위에 가니쉬로 얹을
   새송이버섯 일부는 칼집을 내주세요.

2 프라이팬에 올리브유를 두르고 양파를 볶아주세요.

3 가지와 새송이버섯을 넣고 소금과 후추로 간을 한 뒤 볶아주세요.

4 토마토소스와 밥을 넣어주세요.

5 밥을 잘 풀어 졸여주세요.

6 새송이버섯을 가니쉬로 얹어 완성한 리소토 위에 생 바질 잎을 손으로
   찢어 올려주세요.

오랜 수련 끝에 빚어진
나물 밥상

오랜만에 과식을 했다. 볼 일이 있어 교외로 나갔다가 근처에서 발견한 한정식집에서 맛있는 음식으로 가득한 한정식 밥상을 만났기 때문이다.

꼬불꼬불 올라간 언덕길 끝에는 허름한 간판과 함께 수많은 장독대가 서 있었는데 뭔가 범상치 않은 영화의 예고편을 본 느낌이 들었다. 그렇게 한껏 기대감에 부푼 채 반찬으로 나온 가지 나물을 먹었는데, 그 순간 기대 이상의 맛에 깜짝 놀랐다.

구수한 된장과 고소한 참기름, 그리고 가지 자체의 달큰한 맛이 어우러져 먹고 또 먹어도 질리지 않는 나물 반찬이었다. 이것

외에도 들기름에 찌듯이 볶거나 매콤새콤하게 볶은 무채나물, 간장과 된장 두 가지로 맛을 낸 곤드레 등 같은 식재료로 다양한 맛을 내는 반찬들이 가득했다.

그 수많은 장독대에서 각자의 방법대로 오랜 시간을 수련한 간장, 고추장, 된장 그리고 김치는 가지, 곤드레, 무, 깻잎, 시래기 등 수많은 나물과 조화롭게 어우러지면서도 각자의 매력을 은은하게 뿜어냈다. 이런 맛을 빚어내기 위해 얼마나 많은 정성과 시간이 들었을까? 먹는 내내 감탄을 하며 밥 한 그릇을 싹 다 비웠다.

빵빵해진 배를 두드리며 '나도 시간이 흘러 이런 장맛을 가진 사람이 되고 싶다'라는 생각을 했다. 주변과 조화로우면서도 자기만의 온전한 색과 향을 가진 사람이 되고 싶다. 나는 이런 사람이 되기 위해 올바른 방향으로 걷고 있는 걸까? 우연히 만난 근사한 밥상 덕분에 이런 심오한 고민을 하게 되다니, 역시 음식의 힘은 위대하다.

홈스토랑표
파스타

#30

거의 매일 저녁을 집에서 먹다 보니, 주로 간편하게 만들 수 있는 요리를 하고 있다. 그중 가장 편하게 해 먹는 요리는 파스타다. 파스타는 냉장고에 있는 채소 어느 것이든 잘게 썰어 토마토소스에 볶아 먹어도 맛있고, 두유로 크림소스를 만들어 먹어도 맛있고, 마라소스와 같이 먹어도 맛있고, 마늘과 올리브유만으로 해도 맛있는 매력적인 요리다. 이렇게 매번 만들어 먹다 보니 이제 레스토랑에서 먹는 맛있는 파스타처럼 맛을 한 단계 올려보고 싶다는 생각이 들었다. 그래서 이리저리 방법을 찾던 끝에 이탈리아 장인이 만들었다는 수제 파스타면을 주문했다. 보통 마트에서는 파스타면 한 봉지에 이천 원, 삼천 원이면 살 수 있지만, 이 파스타면은 한 봉지에 만원이었다. 비싼 가격에 구입을 망설였지만, 수제이기에 파스타 표면이 기계로 만든 것보다 훨씬 거칠어 소스를 잘 흡수하고 식감이 쫄깃해 파스타의 맛을 한층 더 올려준다는 홍보글에 얇은 귀가 마구 팔랑거렸고, 결국 주문 버튼을 눌러버리고 말았다.

그렇게 기다리던 택배가 도착하고, 이탈리아제 고급 파스타 면의 진면모를 확인하고자 알리오올리오를 첫 요리로 선택했다. (면의 식감과 맛을 좀 더 잘 느낄 수 있을 것 같은 마음에 가장 단순한 요리법을 선택했다.) 그리고 이 파스타면에 대해 객관적인 평가를 할 수 있는 사람이 필요했다. 난 아무래도 '비싼 가격'이라는 프레임에 갇혀 '역시 비싼 게 맛있어'라고 판단할까 우려스러워 평가위원 한 명을 모셨다. 내가 만든 알리오올리오를 먹어본 유일한 사람, 바로 남자친구다.

그러나 정성껏 만든 파스타를 먹은 남자친구의 평가는 "맛있어" 단 세 글자였다. 다시 한번 "예전이랑 뭐 달라진 거 없어?"라고 묻자, "음…. 맛있어"라는 짧은 답변만 했다. 솔직하고 구체적인 평가를 기대했던 건 내 욕심이었던 걸까? 남자친구의 뜨뜻미지근한 반응을 뒤로하고, 나도 한입 먹어보았는데 이전의 파스타면보다 확실히 식감이 좋았다. 일단 면이 좀 더 두꺼워서 그런지 뚝뚝 끊기지 않고 이에 쫙쫙 감긴다고 할까? 그 덕에 마늘과 올리브 향이 잘 배어 있는 느낌이 들었다. 어쨌든, 결론은 맛있었다. 역시 좋은 식재료에서 맛있는 음식이 나오는 건 변하지 않는 진리인가 보다. 이 핑계로 온라인 쇼핑몰 장바구니에 한가득 담아둔 식재료에 대해 애써 변명하지 않아도 되겠구나.

한 끗
차이

31

오늘 새송이버섯으로 토마토펜네파스타를 요리하던 중 '한 끗
차이인데 확 달라 보인다'는 생각을 하게 되었다.

새송이버섯에 격자로 칼집을 내고 구운 뒤, 토마토펜네파스
타 위에 얹었더니 제법 차려 먹는 기분이 들었다. 한 끗 정도의
수고로 요리의 때깔과 먹는 사람의 기분이 달라진다면, 이건 가
성비 좋은 수고스러움이 아닐까?

사실 이런 수고스러움이 발휘되는 곳은 요리뿐만 아니라 일
상 곳곳에서 찾아볼 수 있다. 나를 가꾸는 일, 집을 정돈하는 일,
직장에서 보고서 쓰는 일 등 삶을 대하는 태도 전반에 수고가 녹
아 있기 때문이다. 이렇게 한 끗 차이로 생긴 결과들이 모여 인
생에 큰 영향을 주는 일도 생길 테니, 오늘 내가 놓친 한 끗이 있
는지 꼼꼼히 찾아봐야겠다.

병아리콩의
변신

언젠가 병아리콩으로 케이크, 쿠키, 브라우니 등 다양한 베이킹을 할 수 있다는 사실을 알게 된 후부터 부엌 한편 밀가루 옆에는 늘 병아리콩이 자리를 차지하고 있다. 병아리콩은 이렇게 늘 쟁여두고 먹는 식재료지만 사실 첫인상은 그리 좋지 않았다. 두바이 공항 라운지 내 셀프바에서 처음 먹은 후무스라는 음식에서 병아리콩을 처음 접했다. 뭔가 신기한 음식이 있나 이리저리 둘러보다 셀프바 한 자리를 크게 차지하고 있길래 호기심에 먹어본 음식이 바로 중동 지방의 향토 음식인 후무스였다. (후무스는 병아리콩을 삶아 으깬 뒤 올리브유와 소금, 마늘, 여러 향신료를 넣어 만든 것으로 주로 빵에 발라 먹거나 샐러드로 먹는다.)

감자샐러드 같은 모양에 그와 같은 맛을 기대하고 한입 먹었지만, 이국적인 향신료 향이 너무 강해 바로 수저를 내려놓았던 기억이 있어 그 이후로 한동안 좋지 않은 인상을 가지고 있었다. 그러다 시간이 흘러 병아리콩이 다이어트에 좋다고 한창 유행할 때 샐러드에 넣어 먹는 방식으로 다시 도전했지만, 그때도 여전히 맛이 없어서 즐겨 먹지 않았다.

하지만 시간이 흐른 뒤 병아리콩으로 맛있는 디저트를 만들 수 있다는 사실을 알게 되었다. 병아리콩을 삶아 으깬 뒤 브라우니 또는 쿠키, 초콜릿, 인절미, 레몬 등 다양한 맛의 케이크를, 심지어 병아리콩을 삶은 물로 생크림을 만들어 먹을 수 있다. 병아리콩은 늘 같은 모습으로 같은 자리에 있었는데 내가 가진 지식과 관점에 따라 다양한 방법으로 색다른 맛을 내는 요리를 할 수 있다니, 또 한 번 요리에 반하게 된 순간이다.

마음을 담은
요리

    소중한 사람의 생일, 외식 대신 집에서 음식을 만들어 생일을 함께 축하했다. 채식으로 어떻게 생일상을 차릴지 고민하다 샤부샤부로 메뉴를 정했다. 미니 화로에 각종 버섯과 채소를 담고 채수를 가득 부어 끓인 뒤, 라이스페이퍼와 색색의 채소를 접시에 담고, 수제로 만든 땅콩소스를 곁들였다. 그리고 생일상의 기본인 미역국과 수제 딸기크레이프케이크까지 준비해 한 상 차려 보니 나름 근사한 생일상이 되었다.

    이날을 위해 며칠간 레시피를 찾아 식재료를 주문하고, 오늘 아침에 일어나자마자 요리한 노력이 아깝지 않을 만큼 성공적인 생일상이었다. 누군가를 위해 음식을 만드는 것 또한 손끝으로 자신의 마음을 오롯이 담아내는 것임을 다시 한번 배웠다.

　　그러다 문득 엄마의 마음을 돌이켜보게 되었다. 최근 엄마에게 엄마표 열무김치와 쑥떡이 먹고 싶다고 했더니, 바로 이틀 후 엄청난 양의 열무김치와 직접 뜯은 쑥으로 만든 쑥떡이 집으로 도착했다. 엄마가 어떤 마음으로 나를 위한 음식을 했을지를 생각하니 엄마에 대한 고마움과 미안함이 뒤섞여 갑자기 눈물이 찔끔 났다. 음식에는 만든 사람의 마음까지 담겨 있다는 것을 잊지 말자.

딸기크레이프케이크

오븐과 유제품 없이도 만들 수 있어는
딸기크레이프케이크. 상큼한 디저트가 먹고
싶을 때 집에서 손쉽게 만들어 즐겨보세요.

재료
(지름 15cm 크기의 케이크
1개 기준)

크레이프 반죽
박력밀가루 100g
비정제설탕 10g
소금 1g
베이킹파우더 1g
바닐라 익스트랙 1.5g
두유 220g
현미유 1T

생크림
코코넛크림(고체 부분만) 200g
백설탕 30g

장식
딸기 5~6개
로즈메리 잎

만드는 법

1   비정제설탕과 소금을 두유에 넣고 녹인 뒤 박력밀가루와 베이킹파우더를 체 쳐서
    바닐라 익스트렉과 함께 잘 섞어주세요.
    TIP. 반죽 농도는 걸쭉한 액체처럼 흘러내리면 딱 좋아요.

2   프라이팬에 현미유를 두르고 반죽을 최대한 얇게 펴주세요.

3   반죽 가장자리부터 익기 시작하면 뾰족한 포크나 젓가락으로 끝을 조심스럽게 들어준 뒤
    뒤집게로 뒤집어주면서 잘 구워주세요. 다 구워진 크레이프 반죽은 동그란 무스틀(또는
    국그릇)로 눌러 가장자리를 깔끔하게 만들어주세요. 원하는 만큼 여러 장을 만들어주세요.

4   코코넛크림 윗부분에 뭉쳐 있는 크림 부분만 꺼낸 뒤 설탕을 넣고 거품기로 섞어주세요.
    TIP. 코코넛크림 농도가 너무 묽은 경우에는 냉장고에 1시간 정도 보관한 후에 생크림을
    만들어주세요.

5   크레이프 반죽 위에 코코넛생크림과 딸기, 로즈메리 잎을 차례로 올린 후 원하는 모양으로
    장식해주세요.

한겨울의
수제 아이스크림

추운 겨울에도 차가운 아이스크림이 먹고 싶은 이유는 뭘까? 이열치열처럼 이냉치냉인 건지 달달하고 부드러운 아이스크림이 너무 먹고 싶었다. 자주 사 먹던 비건 아이스크림의 가격이 사악해서 만드는 방법을 검색하다 코코넛크림을 베이스로 아이스크림을 만들 수 있다는 것을 발견했다.

집에 남아 있던 코코넛크림, 비정제설탕을 거품기로 잘 섞은 뒤 피넛버터와 중탕한 초콜릿, 마지막으로 약간의 소금으로 간을 맞춘 후 스테인리스 반찬 통에 넣어 바로 냉동실에 넣으면 끝이다. 아이스크림이 살짝 얼 때까지 기다리는 시간이 어찌나 길던지…. 계속 냉장고 문 앞을 서성이며 살짝 진득한 질감이 될 때까지 기다렸다. 인내의 시간 끝에 완성된 피넛초코아이스크림을 한입 먹는 순간, '왜 진즉 해 먹지 않았을까?'라는 생각이 절로 드는 맛이었다. 정말 이렇게 마음에 쏙 드는 맛을 만들어내다니 스스로가 기특할 정도다. 재료는 간단하지만 맛은 간단하지 않은 사랑스러운 디저트, 피넛초코아이스크림. 이번 겨우내 잔뜩 만들어 먹어야지.

오늘도 이렇게 나만의 채식 레시피를 하나 추가했다. 오늘처럼 새로운 채식 레시피를 발견하고, 내 것으로 만들 때마다 나의 채식 일상이 조금 더 다채로워지는 것 같아 괜스레 뿌듯하다.

일상 속
소소한 반전들

'오늘 새로 산 냄비로, 달래를 넣은 감자옹심이를 만들어 먹어야지'라는 생각을 하며 신나게 퇴근했다. 집에 도착하자마자 미리 끓여 둔 채수를 새 냄비에 넣어 끓이고 감자, 애호박, 달래 그리고 냉동실에 얼려놓은 감자옹심이를 준비했다. 모든 재료를 넣고 끓이기만 하면 되는 쉬운 요리라서 잠시 후 어떤 사태가 벌어지게 될지 전혀 알지 못했다. 전에 해 먹었던 쫄깃한 감자옹심이를 기대하며 채소와 옹심이를 넣었는데, 애써 동그랗게 빚어 둔 옹심이가 다 흩어져버리는 것이 아닌가? 그때 그 허망함을 말로 표현할 수가 없다.

반죽에 수분이 많았는지 아니면 전분이 부족했던 건지 정확한 이유는 알 수 없지만, 감자죽이 되어버린 모습에 나도 모르게 풀이 죽었다. 그래도 기왕 만든 거 맛있게 먹자며 원래 계획대로 달래를 총총 썰어 넣고 한 상을 차렸다.

걱정 반, 기대 반의 마음으로 한 숟가락을 먹어보니 옹심이 특유의 쫄깃한 식감은 저 멀리 사라졌지만, 후루룩 목 넘김이 좋은 감자옹심이죽 한 그릇으로 재탄생했다. 생각보다 괜찮은 맛이었다.

요리할 때뿐만 아니라 일상 속에서 '망했다' 싶었던 것이 '생각보다 괜찮은' 것이 되었을 때, 생각보다 즐거운 기분이 드는 건 반전이라는 극적인 요소가 있기 때문이겠지. 이래서 영화도, 드라마도, 인생도 반전이 있어야 제맛이구나.

다시 식구가 될
일상을 그리며

#36

종종 사람들에게 "우리는 한 식구잖아", "이제 한솥밥을 먹는 사이구나!"라는 말을 들을 때가 있다. 《표준국어대사전》에서 '식구(食口)'의 뜻을 찾아보면 '한집에서 함께 살면서 끼니를 같이하는 사람, 한 조직에 속하여 함께 일하는 사람을 비유적으로 이르는 말'이라고 나와 있다. 가족과 더불어 직장 동료, 또는 친구 사이에서 일상을 공유하는 시간이 길어질수록 끼니를 자주 함께하게 되고, 가까운 관계가 되면 이렇게 식구라는 표현을 쓴다. 그만큼 식생활이 인간관계에 미치는 영향이 크기 때문에 이런 표현을 쓰는 것 같다.

문득 이런 생각을 하게 된 건, 채식을 시작한 이후 예전엔 식구처럼 자주 끼니를 함께했던 친구와의 관계가 조금 멀어진 것 같다는 느낌이 들었기 때문이다. 채식을 하다 보니, 식사할 때 메뉴 선택의 범위가 아주 좁아졌고, 그러다 보니 자연스럽게 다른 사람과 함께하는 저녁 시간이 많이 사라졌다. 같이 식사를 하지 못하다 보니, 식사를 하며 소소하게 나누었던 일상도 더이상 공유하기가 어려워졌다. 어떻게 하면 각자의 식생활과 일상을 공유할 수 있는 중간지점을 찾을 수 있을까? 채식 식당이나 음식 종류가 좀 더 다양해지면 되는 걸까? 오랜 고민 끝에 내린 결론은, 조금씩 채식이 나의 일상이 된 것처럼 다른 사람들에게도 시간이 필요하다는 것이다. 최근 들어 다양한 곳에서 채식, 비건, 지속가능한 밥상 등과 같은 문구가 점점 더 많이 발견되고 있으니 채식이라는 식생활에 대한 공감대가 점점 커질 것이라 믿는다. 그리고 나 또한 이 공감대를 넓히기 위해 맛있는 채식 레시피를 여기저기 공유하고 다녀야겠다.

오래오래
건강하기

#37

　내게 소중한 사람의 아픈 모습을 본다는 건 참 마음이 아픈 일이다. 그리고 소중한 사람에게 아픈 내 모습을 보여주는 것도 참 마음이 아프다. 일생을 살면서 단 한 번도 아프지 않을 수는 없겠지만, 그래도 최선을 다해 건강을 유지하는 일은 나와 더불어 내 소중한 사람의 마음을 지키는 것일지도 모른다. 그래서 난 오늘도 나와 내 소중한 사람을 지키기 위해 채식 일상을 실천 중이다.

고구마 마를 날 없는 겨울

#12

요즘은 밥과 빵보다 고구마를 더 찾는다. 원래도 고구마를 좋아하지만, 올겨울처럼 고구마 한 무더기가 베란다에 떡하니 자리를 차지하고 있었던 적은 없었는데, 얼마 전 인생 고구마를 만난 요즘은 고구마 마를 날 없이 매일 고구마를 먹고 있다.

고구마를 에어프라이어에 오랜 시간 구우면 밖에서 파는 군고구마처럼 겉은 살짝 갈색빛을 띠며 쫄깃한 식감으로, 속은 노란색으로 광을 내며 촉촉하고 달짝지근한 맛으로 유혹하는데 어찌 이 맛을 끊을 수 있겠는가! 밥 대신 고구마를 먹을 때면 고구마는 다이어트에도 좋으니 많이 먹어도 된다며 밥보다 더 많은 칼로리를 섭취하기도 한다. 그런 날이면 고구마가 한창 맛있을 때 많이 먹어야 한다고 합리화하기도 한다.

이렇게 맛있는 고구마, 귤과 더불어 올겨울을 이겨낼 수 있게 도와주는 든든한 동지를 만나 행복하다.

겨울 바다의 주인공,
매생이

추운 겨울날 퇴근길, 혼자 저녁을 해결하기 위해 종종 매생이 굴국밥을 사 먹곤 했다. 숟가락 가득 뜨거운 국물과 함께 매생이를 얹어 먹으면, 하루 동안 고생한 몸이 따뜻해지는 기분이 참 좋아서였다. 올해도 어김없이 매생이의 계절이 돌아왔지만, 한 번도 먹지 못했다. 그 이유는 자주 갔었던 국밥집 자리에 회사 사옥이 지어지면서 문을 닫았기 때문이다.

직접 요리를 해서 먹고 싶지만, 생 매생이를 집 주변 슈퍼에서 구할 수 없어 주저하고 있었는데, 마침 옆자리 동료가 건조 매생이를 잔뜩 샀다며 한 봉지를 나누어주었다. 지난번에 내가 매생이를 좋아한다고 한 게 기억이 났다면서 말이다. 이렇게 고마울 수가! 그렇게 얻은 건조 매생이로 해 먹은 저녁 메뉴는 바로 매생이떡국이다. 매생이를 한껏 풀어 뜨끈하고도 시원한 초록빛 국물과, 쫄깃한 떡 한 숟가락은 퇴근길 내내 얼었던 몸을 녹이는 감동적인 맛이었다. 그리고 나의 스쳐 지나간 말 한마디를 기억해준 회사 동료분의 마음이 생각나 감동 한 숟가락이 더 얹어져 어느 저녁보다 따뜻한 한 끼를 즐길 수 있었다.

겨울 바다의 차가운 물결 속에서도 한껏 부드러운 식감을 갖고 태어나는 매생이처럼 나 또한 어떤 힘든 상황 속에서도 누군가에게 옅은 미소를 선물해줄 수 있는 다정한 마음을 잊지 않기를 바라본다.

매생이떡국

겨울철 퇴근 후 꽁꽁 언 몸을 녹일 때나
간편하게 한 그릇 요리가 먹고 싶을 때는
매생이떡국만 한 게 없답니다.

재료
(만두 12개 기준)

건조 매생이 1봉지
떡국 떡 1그릇
양파 1/4개
대파 1/4개
청양고추 1/2개

국간장 1T
액상조미료 1T
다시마 1장
채수(다시마, 파 뿌리, 무, 말린
표고버섯을 우려낸 물)

만드는 법

1   양파, 대파, 청양고추를 다듬어주세요.

2   채수와 다시마 한 장을 넣고 물이 끓어오르면 떡국 떡을 넣어주세요.

3   떡이 두둥실 떠오르면 다시마는 건져낸 뒤 양파, 대파 넣고 국간장,
       액상조미료로 간을 해주세요.
       TIP. 미리 건져낸 다시마는 잘게 채 썰어 고명으로 얹어 같이 먹어도 좋아요.

4   건조 매생이를 넣고 잘 풀어준 뒤 마지막에 청양고추를 넣어 얼큰하게
       마무리해주세요.

곶감
귀신

#40

오랜만에 고향집에서 택배가 왔다. 택배 상자 안에는 직접 농사지어 말린 무청 시래기 한가득과 김치 한 포기, 각종 채수 거리가 들어 있었다. 봉지들을 하나하나 정리하던 중 뜻밖의 선물을 발견했다. 내가 좋아하는 곶감.

엄마가 말도 없이 넣어둔 이 곶감 덕에 어찌나 신이 나던지, 어릴 때부터 곶감을 정말 좋아했지만, 많이 먹으면 변비가 심해진다는 말에 겁을 먹어 마음껏 먹지 못했다. (학창시절 만성 변비였다.) 하지만 제삿날이 오면, 제사가 끝나자마자 제사상으로 달려가 제일 먼저 집어먹었던 게 이 곶감이다.

요즘 이렇게 음식 하나하나에 얽힌 과거의 내 모습들을 회상하다 보면 그때의 나와 지금의 내가 얼마나 달라졌는지, 그리고 그때의 내가 지금의 내 모습을 어떻게 바라볼지 가끔 궁금해질 때가 있다.

쫀득하고 달달한 곶감은 어릴 때나 지금이나 여전히 맛있는데, 변하지 않은 이 입맛만큼 그때나 지금이나 그대로인 점은 무엇인지, 그리고 어릴 때 꿈꾸었던 것처럼 꽤 괜찮은 어른이 되었는지 예전의 나에게 물어보고 싶은 밤이다.

큰 추위가 지나가는
길목에서

오늘은 24절기 중 마지막 절기인 대한(大寒)이다. 대한은 큰 추위가 지나가는 날로 옛 어른들은 겨울 동안 허해진 몸을 달래고자 비타민 가득한 시래깃국과 찰밥 그리고 백김치를 먹으며 보냈다고 한다. 퇴근길에 본 대한과 관련된 기사로 저녁 메뉴의 대한 고민이 바로 사라졌다. 이렇게 옛 어른들의 지혜와 냉장고 속 자투리 채소가 만나 탄생한 요리, 바로 된장시래기무조림과 함께 올해 마지막 절기를 보냈다.

냉동실에 얼려놓은 시래기와 영양가가 듬뿍 담긴 겨울 무를 된장 양념에 푹 끓인 뒤 갓 지은 밥 한 공기와 먹으니 어느새 하루의 피로가 풀리는 것은 물론 봄을 느긋이 기다릴 힘이 난다. 밥심으로 생긴 이 힘을, 겨울나기를 하고 있는 우리 집 '수국이'와 추운 날 밖에서 일하시는 많은 분들과 조금이나마 나누고 싶은 겨울밤이다.

레시피
수집가

#42

　며칠간 호르몬의 영향으로 소화력이 급격히 떨어졌다. 만들어 먹고 싶은 음식은 너무 많은데 몸이 따라주지 않아 블로그와 유튜브를 넘나들며 각종 채식 레시피를 수집하는 것으로 식욕을 대신하고 있다. 노트에 차곡차곡 쌓여가는 레시피들을 보고 있자니 괜스레 요리 실력도 늘어가는 기분이다.

　채식을 시작하고, 다채로운 채식 일상을 위해 작년부터 모은 레시피가 곧 200개를 돌파하기 직전이다. 어서 빨리 천하무적 소화력을 갖추어, 아직 시도하지 못한 음식들을 맛있게 요리해서 먹을 날이 왔으면 좋겠다.

음식	종류	주재료
두부고추장조림	한식	두부
표고버섯국수	한식	버섯
애호박스파게티	양식	애호박
들깨버섯리소또	양식	버섯, 들깨
두유크림파스타	양식	두유
매실토마토절임	디저트	토마토
라따뚜이	양식	토마토, 가지, 애호박
감자빵	브런치	감자
두부데리야끼덮밥	일식	두부
바질페스토고구마구이	디저트	고구마, 바질
펠리페스낵랩	양식	병아리콩
팽이버섯만두	한식	버섯
가지튀김	한식	가지
청국장	한식	청국장
감자뇨끼	양식	감자
버섯들깨탕	한식	들깨, 버섯
들기름국수	한식	김, 들기름
허브감자구이	브런치	감자
감자바질페스토피자	브런치	감자
템페볶음	양식	템페

유튜브 & 블로그

처음 채식을 시작할 때 많은 도움이 되었던 유튜브
채널과 블로그를 소개할게요. 유튜브와 블로그 덕에
채식도 다채롭고 맛있게 즐길 수 있다는 걸 알게
되었어요. 하나씩 천천히 따라 하다 보면 나만의
채식 레시피가 차곡차곡 쌓여갈 거예요!

유튜브

1 〈서정아의 건강밥상 SweetPeaPot〉

샐러드나 샌드위치, 도시락, 간식 영상이 많아요. 개인적으로 가장 추천하는 영상은 '두부치킨'이에요. 이 영상을 통해 두부에서 쫄깃한 식감을 느낄 수 있다는 걸 처음 알았어요.

2 〈하루하루 문숙 Daily MOONSOOK〉

배우 문숙 님이 운영하시는 채널로, 몸에 좋은 건강한 자연 레시피가 많아요. 생활 속 지혜도 많이 배울 수 있어서 정말 좋아하는 채널이에요.

3 〈베지이즈 Vege is〉

한식, 양식, 일식 등 다양한 비건 레시피를 소개해주는 채널이에요. 한 그릇 요리가 많아서 퇴근 후 먹을 간단한 저녁 메뉴와 주말 점심 메뉴를 참고하기 좋아요.

4 〈요리하는 유리〉

스페인 비건 요리, 베이킹, 파스타 등 양식 위주의 영상이 많아요.

블로그

1 〈A life close to nature!〉

rawbeing님이 운영하시는 블로그로, 한식과 양식 등 다양한 채식 레시피를 배울 수 있어요. 각종 비건 요리는 물론 다양한 식재료에 대한 정보도 얻을 수 있어요.

2 〈The Other Side〉

호텔마릴린 님의 블로그로, 비건 베이킹과 치즈, 요거트를 만들 때 참고했어요. 요리 과정을 정말 세세하게 알려주셔서 처음 천연 발효빵을 만들고 비건 베이킹을 시작했을 때 많은 도움을 받았어요.

3 〈minimalist baker〉 | https://minimalistbaker.com

해외 비건 레시피 사이트로 비건, 글루텐 프리, 유제품 프리 등 다양한 카테고리로 나눠 레시피를 분류해두고 있어요. 이 덕에 취향에 따라 손쉽게 레시피를 찾아볼 수 있어요. 양식, 베이킹, 샐러드 등 레시피가 정말 무궁무진해요.

무말랭이의
존재감

#43

어린 시절, 우리 집 밥상에는 무말랭이가 반찬으로 올라온 적
이 없다. 그 이유는 아직까지 밝혀지지 않았다. 지역 특산물로
만든 반찬도 아닌 평범하고 친근한 반찬인데, 참 의문스럽다. 아
무튼 이런 이유로 난 대학 입학 후 기숙사 식당에서 처음 무말랭
이의 존재를 알게 되었고, 그때만 해도 무말랭이는 서울에만 있
는 반찬인 줄 알았다.

오독오독하고 꼬들꼬들한 식감과 매콤달콤한 양념이 어우러
진 맛에 반했다. 평소 기숙사 식당에 거의 가지 않았지만, 식단
에 무말랭이가 있는 날이면 기숙사 식당에서 끼니를 해결할 정
도였다. 심지어 자취를 시작했을 때 친구가 선물해줄 정도로 무

말랭이는 그 시절 내가 가장 좋아하는 반찬이었다. 물론 지금도 정말 좋아하는 반찬이지만 한동안 따로 챙겨 먹지 않다가 오늘 오래간만에 김, 무말랭이로 간단히 저녁상을 차려 먹었다. 김 한 장에 밥을 싸서 입에 넣고, 무말랭이 한 점을 함께 먹으니 아주 밥도둑이 따로 없었다. 누군가에게는 많은 반찬 중 흔한 반찬이 겠지만 나에게 무말랭이는 밥상 위 그 어떤 반찬보다 매력적이며 존재감이 크다.

이 넓디넓은 세상 속에서 난 그저 평범한 30대 회사원이지만, 내가 무말랭이를 생각하는 것처럼 내 주변 가족, 친구들과 함께 각자의 매력과 가치를 알아주며 살아간다면 그것만으로도 성공한 삶을 살고 있다고 자신 있게 말할 수 있을 것 같다.

마라탕처럼
일하고 싶다

#44

마음이 답답한 하루의 끝, 마라의 화끈하고 뒤끝 없는 맛으로 속을 뻥 뚫어주고자 채소마라탕을 끓였다. 마라탕은 처음에는 알싸하고 톡 쏘는 맛에 움찔하지만, 뒤끝 없이 사라지는 맛을 가진 마성의 요리다. 그래서 요즘은 마라소스를 늘 집에 쟁여두고 있다.

미니 화로를 밥상에 놓고 마라탕을 팔팔 끓여가며 맥주 한 잔과 함께 배부르게 먹고 나니 오늘 하루를 돌아볼 여유가 생긴다. 도대체 난 무엇이 그렇게 답답한 걸까? 어떤 방향으로 일을 해야 할지 갈피를 잡지 못하는 상황? 아니면 실무자로서 잘 성장하고 싶은 내 욕심과 그렇지 못한 업무 환경? 외부환경만 탓할 수 없다는 걸 알지만, 여전히 내 불평의 화살은 바깥을 향한다.

정말 나도 이 마라탕처럼 일할 때는 제대로 몰입하여 열정을 불태우고, 쉴 때는 일에 대한 미련 없이 개운한 마음으로 쉴 수 있으면 얼마나 좋을까? 이런 고민 끝에 남은 건 먹고 남은 마라탕과 빈 맥주 캔뿐이지만 그래도 속이 풀린다. 이렇게 응어리진 마음을 풀고 배를 가득 채우니 에너지도 다시 차오르는 기분이다. 다시 마음을 다잡고 지금 할 수 있는 일을 하자.

나에게도
취미가 생겼다

#45

　한때 푹 빠져 보았던 예능 〈윤스테이〉에서 내 눈길을 끄는 건 고즈넉한 한옥이나 출연자들의 모습이 아닌 바로 식기와 주방용품들이었다. 1인 가구치고는 이미 많은 식기와 접시, 주방용품을 가지고 있는 편이라 욕심을 애써 누르고 있었는데, 방송에서 음식 장면이 나올 때마다 한식과 잘 어울리는 정갈한 식기들이 내 소비 욕구를 콕콕 자극한다. 이렇게 끝없이 식기와 주방용품에 욕심이 생기는 건 옷장에 옷이 많지만, 늘 입을 게 없는 것처럼 느껴지는 것과 같은 이유가 아닐까?

　예전 같으면 영상 속 여배우가 착용한 옷이나 액세서리 등에 관심을 가졌을 텐데, 요리가 취미가 된 지금은 식기나 주방용품에 온 신경을 집중하고 있다. 살면서 하나의 취미에 진심이었던 적이 없었는데, 몇 년 동안 이렇게 꾸준히 내 열정을 불러일으킨 건 요리가 처음이었다.

이런 내 모습이 낯설기도 하지만 한편으로는 누군가 "취미가 뭐예요?"라고 물을 때 당당히 "채식 요리와 베이킹이요"라고 답할 수 있다는 게 정말 좋다. 매년, 아니 몇 개월마다 취미를 바꾸는 취미 유목민에서 이제는 정착민이 되었다. 그런 의미에서 더욱 더 풍요로운 취미 생활을 위해 장바구니에 담아둔 식기를 주문해야겠다.

먹는 순간에
집중하기

#46

가끔 생각대로 일이 풀리지 않고, 미래에 대한 걱정으로 괜히 초조할 때가 있다. 평소보다 몇 배는 시끄러운 잡생각들이 머릿속에서 활개를 쳐 그때마다 난 어김없이 잡생각들에 백기를 들고 내 머릿속을 몽땅 내줘버리고 만다.

오늘도 마찬가지였다. 업무를 하던 중 답답한 일이 생겨 온갖 쓸데없는 걱정으로 시간을 보내던 중, 사내 메일로 온 글 하나를 보게 되었다. 모 가댓 Mo Gawdat 의 《행복을 풀다》라는 책의 소개글이었는데, 지금 내 문제를 간단히 해결해줄 것만 같은 내용이었다.

"사람들이 불안한 감정을 가지고 불행하다고 느끼는 건 의식을 과거와 미래에 두기 때문이다. 그러니 행복하고 싶다면 지금, 여기 내가 하고 있는 일 한 가지에만 오롯이 집중하는 게 필요하다."

요즘 내 하루를 돌이켜보면 온전히 하나의 일에 몰입하지 못하는 경우가 많다. 아침에 일어나 출근 준비를 할 때는 거의 무의식중에 나갈 채비를 하고, 통근 버스를 타고 가는 출근길에는 귀로는 팟캐스트를 듣고, 눈으로는 인터넷 서핑을 한다. 회사에 도착한 뒤 업무 시간에는 간간이 잡생각에 빠지기도 하고 스마트폰을 만지작대며 메신저나 웹 서핑을 하며 퇴근 후 집에서도 잠자리에 들기 전까지 거의 손에서 스마트폰을 떼지 않은 채로 생활한다. 이렇게 하루를 되돌아보니 일상 속에서 온전히 집중하는 때는 혼자 저녁을 먹는 시간뿐이다.

스스로 요리한 음식을 맛보는 데 집중하고 싶어 웬만하면 유튜브나 넷플릭스를 멀리한 채 밥을 먹었는데, 이렇게 식사를 하니 식사 시간의 만족감이 훨씬 높아졌고 나중에는 습관이 되었다. 먹는 행위에 온전히 집중한 덕에 만족감이 높아진 걸까? 이 만족감 덕분에 계속 요리를 하고 싶고, 직접 요리한 음식으로 저녁을 먹는 그 시간이 나에게 행복한 순간이 된 걸까?

정말 이 알고리즘이 맞는지, 책의 내용대로 한 가지에 집중하면 행복해지는 게 맞는지 직접 실험해봐야겠다. 그런 의미에서 우선 내일 저녁에 무슨 채소로 더 맛있는 음식을 해 먹으면 좋을지 고민해보자.

퇴근 후
한 잔

상의는 네 겹, 하의는 두 겹, 양말도 두 겹, 귀마개에 목도리 그리고 장갑까지 착용하여 양파처럼 온몸을 겹겹이 감싸고 출근 했다. 체감기온이 영하 20도까지 떨어진다는 기상 예보에 지레 겁을 먹어 만반의 준비를 한 덕에 출근길 내내 온몸이 따뜻하다 못해 후덥지근하기까지 했다. 괜히 껴입었나 싶었지만 문득 이 렇게 추운 날, 따뜻한 사무실로 출근하는 것이 다행이라는 생각 이 들었다. 폭염경보가 내렸던 날에도, 폭설 주의보가 내렸던 날 에도 쾌적한 온도로 유지되는 실내에서 일할 수 있다는 사실이 감사하지만, 또 한편으로는 이런 날에도 밖에서 일하고 계실 아 빠 생각에 마음이 저릿하다.

아빠 생각을 하다 보니 어린 시절, 힘든 일을 마치고 돌아와 저녁 식사를 하시며 소주 한 잔을 기울이시던 아빠의 모습이 눈에 아른거린다. 그땐 미처 몰랐다. 시간이 흘러 어느새 나도 퇴근 후 저녁과 함께 반주를 즐기는 나이가 되어서야, 퇴근 후 맛있는 저녁과 함께하는 술 한 잔이 하루의 피로를 녹이는 썩 괜찮은 방법임을 알았다. 그리고 고된 하루하루를 견뎌온 아빠의 마음과, 아빠가 평생을 짊어지고 오신 가장의 무게를 조금이나마 헤아려볼 수 있게 되었다.

오늘 밤, 매생이쌀전에 막걸리 한잔하며 아빠에게 전화해서 꼭 말씀드려야지.

"아빠, 오늘 하루도 정말 수고하셨어요."

매생이쌀전

겨울철 간식, 막걸리 안주로 안성맞춤인
매생이쌀전은 속 편안히 즐길 수 있도록
쌀 부침가루로 만든 요리예요.

재료
(전 2장 기준)

쌀 부침가루 (100g)

박력 쌀가루 70g

감자전분 23g

양파가루 3g

마늘가루 1.5g

소금 1.7g

생강가루 0.4g

매생이 쌀전

물 100g

쌀 부침가루 100g

매생이 140g

청양고추 1/2개

현미유 2T

만드는 법

1 쌀 부침가루 재료를 모두 넣고 섞어주세요.

  TIP. 일반 부침가루를 사용해도 괜찮아요.

2 물과 쌀 부침가루를 잘 섞어주세요.

3 해감한 생 매생이를 넣고 잘 풀어주세요. 너무 길다면 가위로 잘라주세요.

4 매콤한 맛을 원한다면 취향에 맞게 청양고추를 다져서 넣어주세요.

5 달궈진 프라이팬에 현미유를 둘러준 뒤 앞뒤로 노릇노릇하게 구워주세요.

먼저 찾아온
봄

지난주는 초봄 같은 따뜻한 햇살에 봄이 온 줄 알았는데, 오늘은 눈이 펑펑 왔다. 거기에 매서운 바람까지 더해 겨울이 다시 존재감을 드러냈다. 하지만 우리 집 '수국이'는 벌써 봄을 맞이할 준비를 하고 있다.

기온이 영하 16도까지 떨어진 날, 우리 집 계량기가 터지고 베란다에 둔 귤도 꽁꽁 얼어버렸길래 밖에 둔 '수국이'를 실내로 들여왔었다. '수국이'를 따뜻한 실내로 들여오고 3주 정도 지나자, 이제 봄이 온 줄 알았던 건지 그동안 움츠렸던 봉우리를 터트렸다. 퇴근길, 추위로 인해 아직도 손발이 차갑지만 집에서 나를 기다리고 있었던 푸릇푸릇한 잎을 보니 벌써 봄이 한 걸음 찾아온 것 같은 기분이 들었다.

이 기분을 맛으로도 느껴보고자 냉동실에 얼려놓은 냉이 한 움큼을 꺼내 국을 끓였다. 이렇게 끓인 냉잇국을 한입 먹자 입안에 퍼지는 봄 향기에 괜스레 마음도 설렘 한가득이다. 어서 빨리 따뜻한 기운이 찾아와 '수국이'처럼 몸도, 마음도 활짝 펼 수 있는 날이 오길.

두통엔
역시

요즘 나는 뇌 가동률을 100퍼센트로 운영 중이다. (물론 내 체감이겠지만) 머리에 과부하가 걸린 탓인지 두통이 찾아오기 일쑤다. 카페인을 섭취하면 괜찮을까 싶어 평소 잘 먹지도 않는 커피를 마셔보기도 하고 목, 어깨 근육이 뭉쳐서 그런가 싶어 스트레칭을 해보기도 했지만, 딱히 효과가 없었다.

그렇게 지끈대는 머리를 붙잡고 퇴근하는 길, 문득 '단 거'를 먹고 싶다는 강력한 욕망이 나를 집 근처 프랜차이즈 카페로 이끌었다. 비건 초코케이크가 출시되었다는 소식을 듣고 한번 사 먹으려 했는데 오늘이 바로 그날이다 싶었다. '고생한 나를 위해 디저트 하나쯤이야'라는 생각에, 케이크 한 조각을 사서 집까지 걸어오는 내내 어찌나 기분이 좋던지…. 오래간만에 산 디저트 덕인지 바깥 공기를 쐬며 걸은 덕인지 머리가 한결 가벼워졌다.

집에 돌아오자마자 저녁을 야무지게 차려 먹고 꾸덕꾸덕한

초코케이크를 한입 삼키니 지끈대는 두통이 깨끗하게 다 사라진 기분이다. 다이어트를 결심한 지 3일도 되지 않았지만, 두통을 핑계 삼아 디저트를 먹어버린 스스로가 조금 부끄럽다. 그래도 어쩌겠는가? 두통엔 역시 달고 맛있는 디저트가 최고인 것을…. 허허허. 이제 넋두리는 그만하고 어서 일어나자. 운동할 시간이야.

모든 순간이
행복한 일

#50

금요일 저녁, 집으로 돌아와 오랜만에 냉장고에 잠자고 있던 발효종을 깨워 천연 발효빵을 구웠다. 천연 발효빵을 굽겠다고 마음을 먹는 건, 하루 남짓의 내 시간을 빵의 시간에 맞추겠다는 의지다. 금요일 밤, 그렇게 천연 발효빵을 향한 여정이 시작되었다. 발효종은 밤 12시가 되어서야 빵 반죽에 들어갈 만큼 활기를 찾았고 그 이후로 빵 반죽, 발효를 위한 기다림이 반복되고 결국 난 새벽 4시가 되어 잠이 들었다.

불타는 금요일을 보내고 다음 날 저녁 6시에 성형을 위해 냉장고에서 발효를 끝낸 빵 반죽을 꺼냈다. 빵 반죽을 마주한 순간 느낀 부들부들한 반죽의 촉감에 소소한 행복이 찾아왔다. 손끝에서 느껴지는 부드러운 반죽의 느낌 외에도 빵 성형을 하는 것도, 성형을 끝낸 빵이 오븐에서 맛있게 구워지는 모습을 보는 것도, 갓 구운 빵에 코를 박고 빵 냄새를 듬뿍 맡는 것까지 이 모든 과정 하나하나가 나에게는 소소한 즐거움이다.

이렇게 모든 순간이 행복한 것, 나에게 행복을 주는 일을 발견한 것, 이 일을 마음껏 즐길 수 있다는 것. 새삼 이 모든 것이 감사함을 다시 한번 깨닫는다. 빵 덕분에 간만에 뇌가 긍정 회로를 되찾은 하루였다.

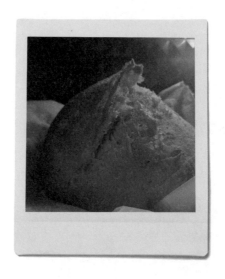

입맛의 중요성
(feat. 김부각)

#51

집 나갔던 입맛이 다시 돌아왔다. 밥도 밥이지만 바삭거리는 식감의 간식이 너무 당긴다. 우연히 본 예능에서 김부각을 본 이후로 더욱더 강력해진 이 식욕을 주체하기 힘들어 결국엔 직접 김부각을 만들어보기로 했다. 여기저기 검색해보니 라이스페이퍼로 간단하게 만들어 먹을 수 있는 레시피가 있어 바로 도전해보았다.

라이스페이퍼를 물에 담가 살짝 흐물흐물해질 때 꺼내어 김 위에 잘 펼쳐서 붙이고 하룻밤을 말렸다. 그리고 적당한 크기로 잘라 에어프라이어에 넣어 바삭하게 구운 뒤 각종 시즈닝을 착착 뿌렸더니 맥주 안주로 찰떡인 김부각이 완성되었다.

꼬박 이틀 걸려 완성한 김부각을 한입 먹는 순간, 바삭한 식감과 소리와 함께 오늘의 스트레스도 '바삭하게' 부서지는 듯했다. 그래서 일부러 바삭한 소리가 더 크게 나도록 김부각을 우걱우걱 씹었더니 머릿속 잡생각들도 하나씩 부서지는 것 같은 쾌감이 느껴졌다. 다시 돌아온 식욕 덕분인지 사소한 것 하나에도 기분이 좋아진다. 역시 먹는 즐거움이 있어야 살맛이 나는 법이구나.

뜨끈한
국물 한끼

#52

나에게는 계절별로 일상의 피로를 달래는 방법이 있다. 여름
엔 맥주로 달래고, 겨울엔 김이 모락모락 나는 국물 요리로 달랜
다. 된장찌개도 좋고, 쌀국수도 좋고, 매생이국밥도 좋고, 시래
기된장국도 좋다. 나열하자면 끝도 없지만, 오늘의 피로를 달래
기 위한 저녁 메뉴는 바로 김치감자옹심이다. 고향집에서 감자
를 잔뜩 보내주서서 감자에 싹이 나기 전에 옹심이를 만들기로
했다. 감자로 옹심이를 잔뜩 만들어 냉동실에 얼려두면, 들깨감
자옹심이를 해 먹거나 채소샤부샤부에 사리로 넣어 먹거나, 다
른 국물 요리에 어디든 넣어 먹을 수 있어 활용도가 참 좋다.

그렇게 퇴근 후 저녁 내내 부엌에 서서 감자로 옹심이를 빚다

가 (괜한 일을 벌였구나 싶은 마음이 들었다.) 8시가 넘어서야 김치감자옹심이가 완성되었다. 차가워진 손과 발, 피곤한 몸을 이끌고 식탁 앞에 앉아 뜨끈한 국물과 감자옹심이 한 숟가락을 먹으니 아까 느꼈던 후회는 저 멀리 사라졌다. 이 맛에 집에서 정성껏 요리해서 먹는 게 아닐까? 이렇게 정성껏 만든 김치감자옹심이 한 그릇을 다 비운 뒤, 음악을 들으며 온기가 돌아온 발가락으로 까딱까딱 리듬을 타며 여유를 즐기는 금요일 저녁, 아 행복하다.

역시 추운 겨울의 저녁은 뜨끈한 국물 한끼가 최고다.

김치감자옹심이

얼큰한 국물이 당기는 날에, 감자옹심이로 쫄깃함과
김치로 얼큰함을 듬뿍 담은 김치감자옹심이 한 그릇
어떠신가요?

재료
(1인분 기준)

감자 2개
감자전분 2T(반죽 질기에 따라 조절)
소금 1/2T
물 또는 채수 2컵(다시마, 파 뿌리, 무,
말린 표고버섯을 우려낸 물)
김치 1/3포기

애호박 1/4개
파 1/4개
청양고추 1/2개
양파 1/4개
국간장 1T
다진 마늘 1/2T

만드는 법

1   감자 껍질을 벗기고, 믹서기에 넣을 수 있을 정도의 크기로 잘라주세요.

2   믹서기에 감자를 충분히 갈고 난 뒤, 면포를 사용해 물기를 최대한 제거해주세요.

3   감자 전분과 소금을 넣고 잘 뭉쳐주세요. 잘 뭉쳐지지 않으면 감자 전분을
    추가해주세요.

    TIP. 감자에서 나온 물은 그릇에 두고 30분 이상 두면 아래에 하얗게 감자 전분이
    가라앉아요. 위에 물을 버리고 남은 감자 전분을 사용해도 좋아요.

4   동글동글하게 옹심이를 빚어주세요.

5   채수를 냄비에 넣고 국간장과 다진 마늘을 넣어 끓여주세요.

6   물이 끓으면 미리 만들어둔 옹심이를 넣고 둥둥 떠오를 때 썰어놓은 김치, 애호박,
    파, 양파를 넣고 끓인 후 좀 더 칼칼한 맛을 원하시면 청양고추를 넣어주세요.

    TIP. 단맛을 줄이고 싶을 땐 양파를 적게 넣어주세요.

나만의
맛 앨범

며칠 전부터 멕시코 음식이 자꾸 생각났다. 고수, 토르티야, 타바스코소스 등 준비해야 할 재료들이 많아 이래저래 고민하던 중 내 취향대로 마음껏 만들어 배가 빵빵해지도록 먹겠다며 장바구니에 담은 재료를 한가득 주문했다. 이렇게 탄생한 오늘의 저녁은 토마토살사소스를 곁들인 채소부리토다.

저녁 한끼에 들어간 여러 식재료 중에 가장 주인공 격인 채소는 바로 고수다. 베트남에서 처음 맛본 이후로 그 매력에 빠져 동남아 음식이나 멕시코 음식을 먹을 때마다 고수를 듬뿍 넣어 먹었다. 고수를 먹을 때면 우리나라에는 없는 특유의 향 덕분에 이국적인 맛과 함께 지난 여행의 추억들이 생각난다. 이렇게 다른 문화의 음식을 경험할 때면 우리나라 음식과는 다른 맛과 향을 느낄 때가 많다. 그래서 해외여행을 가면 수백 장의 사진을 남길 뿐 아니라 나만의 맛 앨범에 새로운 음식 맛을 함께 기록한다. 그 덕에 방구석에서도 나만의 맛 앨범을 뒤적거리며 그때를 추억할 만한 요리를 해 먹는 것도 이 시대의 여행법이 될 수 있지 않을까?

엄마의
생일

#54

내일은 나에게 가장 애틋하고 소중한 사람, 내가 사랑하는 엄마의 생일이다. 난생처음 직접 만든 요리로 엄마의 생일을 축하하기 위해 엄마가 좋아하시는 호두파이를 구웠다. 퇴근하자마자 저녁도 거르고 3시간이 넘도록 부엌에 서서 호두파이와 쌀바나나브레드를 다 만들고 나니 어느덧 밤 10시가 되었다. 포장까지 끝내고 난 뒤 난장판이 된 부엌을 애써 외면한 채 소파에 몸을 내던졌다. 퉁퉁 부은 다리를 바라보며 괜히 사서 고생했나 싶기도 했지만, 한편으로는 엄마의 생일에 마음을 듬뿍 담아 직접 만든 음식을 선물할 수 있다는 게 참 감사하기도 했다.

어릴 때, 엄마가 베이킹에 푹 빠져 있던 시절이 있었다. 그때 그 시절 엄마와 함께 케이크와 각종 쿠키를 만들던 시간이 행복한 기억으로 남아서인지, 아니면 단순히 엄마를 닮아 베이킹을 좋아하는 건지는 모르겠지만 나는 이제 엄마를 위해 빵과 파이를 굽는 딸이 되었다. 어린 시절 엄마가 나에게 행복한 시간을 선물해주었던 것처럼 나 또한 오래오래 엄마를 위한 빵과 파이를 만들어 엄마에게 행복한 시간을 선물하고 싶다.

지극히 평범한
일상

오늘 저녁에는 온 가족이 오손도손 둘러앉아 고향집 마당 텃밭에서 키운 배추, 시금치, 각종 채소를 듬뿍 넣어 샤부샤부를 해먹었다. 식사 후에는 직접 구워온 호두파이에 초를 켜 소박한 생일 파티를 하고 세월이 꽤 된 산딸기 주를 마시며 흘러나오는 트로트를 안주 삼아 함께 수다를 떨고 있으니, 괜히 울컥했다. 엄마표 시골 밥상과 부모님의 웃음소리에 지극히 평범한 순간이지만 너무도 소중한 찰나임을 깨달은 것일까.

언제나 그 자리에 있을 것만 같았던 가족과의 일상을 보내는 것이 어려워지자 이제서야 그 소중함을 깨닫다니 이것 참, 30년을 넘게 살았는데도 이런 내 어리석음은 허벅지 살처럼 떨어질 기미가 보이지 않는다.

죽
애호가

#56

　나에게 요리에 취미를 갖기 전후의 요리 실력 차이를 명확히 보여주는 음식을 묻는다면 자신 있게 죽이라고 대답할 수 있다. 선천적으로 위장 기능이 약해 툭하면 체하는 내 체질상 속이 불편한 날이면 자연스레 죽을 찾았다. 예전에는 집 앞 죽 전문점 단골손님이었다면, 지금은 누가 보면 죽 전문점을 차린다고 생각할 정도로 다양한 재료로 온갖 죽을 만들어 먹는다. 술 먹은 다음 날엔 김치 콩나물죽, 소화불량과 변비가 심할 땐 시래기된장죽, 시원한 국물이 생각날 땐 매생이버섯죽, 냉장고에 남은 자투리 채소가 많을 땐 채소죽 등 때마다 다른 몸 상태와 냉장고에 있는 재료에 따라 죽을 만드는 게 번거롭기는 하지만, 그렇게 정성 들여 만든 죽 한 그릇을 먹고 나면, 몸도 마음도 편안해진다.

죽의 따뜻한 온도, 그리고 각종 식재료의 영양소가 온전하게 흡수되는 기분이다. 이 덕에 점점 더 죽 요리에 관심이 생겨나 요즘 장을 보러 갈 때면 '어떤 재료로 무슨 죽을 해 먹으면 맛있을까?' 고민하게 된다.

나뿐만 아니라 누군가의 아픈 몸과 마음을 위로할 수 있는 음식 중 하나인 죽, 그래서 더욱더 애착이 가나 보다.

나만의
감정 초월법

#57

요 며칠, 몸이 너무 무겁고 피곤함이 잘 가시지 않는다. 그래서인지 사소한 일에 평소보다 감정 동요가 자주 일어난다. 이럴 때마다 생각나는 글귀가 하나 있다.

"외적인 영향에 좌우되고 싶지 않다면
먼저 자기 자신의 격렬한 감정부터 초월해야 한다."

– 새뮤얼 존슨Samuel Johnson

이 글귀의 영향을 받아 탄생한 나만의 감정 초월법은 세 가지가 있다. 첫 번째, 명상을 한다. 두 번째, 식빵 반죽을 마구 괴롭힌다. (맛있는 식빵을 만들려면 반죽을 사정없이 내리치고 마구 찢는 과정이 필요하므로 물리적인 방법으로 감정을 쏟아내고 싶을 때 아주 효과적인 방법이다. 단, 식빵이 맛있게 나온다는 전제가 있어야 한다.) 세 번째, 지금 느끼는 감정을 온갖 단어를 활용해 글로 쏟아낸다.

스트레스를 받을 때 주로 첫 번째 방법부터 순서대로 실천하는데, 오늘은 첫 번째 방법으로 감정이 잘 풀리지 않아 죄 없는 곡물 덩어리를 괴롭혔다. 그렇게 실컷 반죽을 괴롭혀 며칠 동안 쌓인 감정을 풀어냈다. 그러고서 갓 나온 식빵 한 덩어리를 쭉 찢어, 달달한 잼을 듬뿍 얹어 먹으니 입가에 미소가 슬며시 나오는 걸 막을 수 없었다. 단순하게 행동하는 내가 조금 웃기긴 하지만, 그래도 나 자신을 달래는 법이 그리 어렵지 않아 참 다행이다.

채식 간식

시중에 파는 과자나 케이크, 아이스크림 등
인생에서 **빼놓을** 수 없는 디저트에는 유제품이
많이 들어가는데요. 유제품 없이도 맛있게 즐길 수
있는 간식을 소개할게요. 최근 들어 그 종류가 더
다양해지고 있어 앞으로는 마트에서도 쉽게 채식
간식을 즐길 수 있을 거예요.

아이스크림

1 탈렌티 젤라또 : 유제품이 들어가지 않은 종류로는 피넛버터 퍼지, 로만 라즈베리, 망고, 알폰소 망고가 있어요. 과일 맛은 소르베 종류로 상큼한 맛이 나서 식사 후에 즐기기 좋고, 피넛버터는 안에 초코퍼지가 가득 들어 있어 당 떨어질 때 딱이에요.

2 나이스케키 : 국산쌀을 기본으로 만들어 건강하면서 칼로리도 높지 않답니다. 솔티드카라멜, 초콜릿, 그린티 이렇게 세 가지 종류로, 우유 없이 만들었다는 게 신기할 정도로 맛있어요.

과자

1 퀼리 브래드스틱 : 스페인 마요르카 섬에서 생산하는 전통 과자로 색소, 향료, 보존료, 설탕, 팜유가 들어가지 않은 담백한 맛의 과자예요. 와인 안주로도 좋고 다양한 디핑소스와 함께 먹기도 좋아요.

2 잇츠베러 크래커 : 우리밀과 국내산 콩으로 만든 크래커로 통밀, 어니언, 초코시나몬, 약콩, 쑥, 얼그레이 맛이 있어요. 그냥 먹어도 맛있고 커피나 차와 함께 먹기에도 좋아요.

식물성 우유

1 오트사이드 : 귀리 우유로 오리지널, 초콜릿, 이렇게 두 가지 맛이 있어요. 저는 주로 라테를 만들 때 애용하는 식물성 우유예요. 특히 파스타나 스프 등을 만들 때, 베이킹을 할 때도 자주 사용해요.

2 건국유업 무첨가 두유 : 베이킹이나 크림파스타를 만들 때 사용하는 두유예요. 성분은 오직 국내산 콩 100퍼센트라 요리할 때 주로 사용해요.

* 위 소개한 모든 제품은 제가 채식 일상을 하며 사 먹은 제품으로, 업체로부터 금전적 대가를 받지 않았음을 알려드립니다.

오이의
짝꿍

　퇴근 후 장을 보던 중에 갑자기 아삭한 오이와 짭짤한 된장이 먹고 싶어 오이 한 봉지를 덥석 집어왔다. 그렇게 오이와 된장을 함께 반찬으로 한두 끼 정도 먹은 후, 남은 오이는 냉장고에 넣어두었다. 그러다 며칠 후, 우연히 비건크림치즈 레시피를 발견했다. 빵과 함께 먹을 생각으로 캐슈너트와 두유로 크림치즈를 만들어봤는데 한번 맛보는 순간, 웬걸 냉장고에서 말라가던 오이들이 소리친 건지 냉장고 속 오이가 문득 생각났다. 생각난 김에 오이와 직접 만든 크림치즈를 같이 먹어보니 이게 무슨 조화인가 싶었다. 치즈의 짭짤한 맛과 캐슈너트, 두유의 고소함이 오이와 너무나 잘 어울렸다. 어릴 때부터 오이는 단순히 된장의 짝꿍인 줄로만 알았는데 이렇게 색다른 맛이 나는 채소였다니….

이 맛있는 조합을 발견한 뒤부터 종종 오이샌드위치를 해 먹고 있는데, 가끔 빵 위에 세련된 자태로 올라가 있는 오이의 모습을 볼 때면 된장 옆에 수줍게 앉아 있던 그 오이가 전혀 생각나지 않는다. 역시 사람이나 채소나 짝꿍을 잘 만나야 한다.

오븐과 함께하는
365일

연휴의 시작을 자축하기 위해 채소구이 한 상을 차렸다. 두부, 가지, 감자, 당근에 벌집 모양으로 칼집을 내고 구운 파프리카가루, 바질, 오레가노, 후추를 뿌려 오븐에 노릇노릇 구웠다. 이렇게 특별한 조리 과정 없이 재료의 신선함과 시즈닝만으로도 충분히 풍족한 한끼를 먹을 수 있는 건 작년에 구입한 오븐 덕이다.

큰마음 먹고 산 오븐으로 각종 파이, 천연 발효빵, 케이크, 쿠키와 더불어 연근칩, 귤칩, 고구마말랭이, 김부각 등 온갖 간식을 직접 만들어 먹을 수 있게 되었다. 오븐 덕분에 이전에는 시도조차 하지 못했던 요리를 해보고, 새로운 맛을 맛보게 되면서 나의 채식 일상이 좀 더 다채로워졌다.

소중한 내 첫 오븐, 손때가 타도 좋으니 오래오래 채식 일상을 함께할 수 있으면 좋겠다.

천혜향 향기
가득

'하늘이 내린 향'이라는 이름에 걸맞게 귤과는 확연히 다른 향기가 나는 과일이 바로 천혜향이다. 귤과 오렌지의 교배종으로 만들어진 천혜향 외에도 한라봉, 황금향, 레드향 등 여러 귤과 품종이 있지만 나는 그중 천혜향을 제일 좋아한다. 이름만큼이나 맛있는 향 때문이다.

정말 잘 익은 천혜향 하나를 까서 먹으면 집 안 전체에 퍼지는 상큼한 냄새로, 맛이 배가 된다. 한겨울 동안 우리 집 식량 창고에서 존재감을 내뿜던 귤이 사라지고, 천혜향이 그 자리를 차지할 때면 계절의 변화가 다가왔다는 신호다.

이렇게 눈과 피부 대신 코와 입으로 계절의 변화를 느끼는 게 참 좋다. 제철 채소와 과일로 일상의 평범한 식사를 차려낼 때 각각의 계절을 온전히 살아내는 기분이 들기 때문이다. 올해도 이렇게 때에 맞는 음식들로 네 번의 계절을 건강하게 보낼 수 있길….

시끌벅적한
명절을 기다리며

　명절이 아닌 평범한 휴일 같은 설 연휴를 보냈다. 지난 추석에도, 이번 설에도 고향에 내려가지 않았다. 엄마의 명절 음식이 없는 섭섭함을 직접 끓인 떡국으로 달랬다. 냉장고에 있는 채소를 한가득 꺼내 채 썰고 현미유에 달달 볶아 물과 국간장으로 국물 간을 맞춘 뒤, 떡을 넣어 푹 끓였다. 떡국 한 그릇으로 빈속을 든든하게 채웠지만 마음속 허전함을 채우지는 못했다.

　매번 명절마다 귀향, 귀성길이 버겁긴 했지만 그래도 간만에 보는 친척들과 안부를 나누고 명절 음식도 듬뿍 먹고 포동포동해지던 그때가 그립다. 돌아오는 추석, 아니면 내년 설에는 부디 온 가족이 함께 모여 그간의 회포를 푸는 시간을 가질 수 있으면 좋겠다. 그리고 명절뿐만 아니라 올 한 해는 많은 분들이 그간의 힘듦을 모두 잊을 만큼 웃을 수 있으면 좋겠다.

채소떡국

따로 채수를 낼 필요 없이 냉장고에 남은
자투리 채소들로 간편하게 해 먹을 수 있는
한 그릇 요리로, 채소 고유의 맛이 국물에
듬뿍 우러난 담백한 맛의 떡국이에요.

재료
(1인분 기준)

떡국 떡 또는 가래떡 1그릇
양파 1/4개
당근 1/4개
애호박 1/3개
무 1/5개

현미유 1T
국간장 1T
다진 마늘 1/3T
통깨가루 1/3T

만드는 법

1 떡국 떡 또는 가래떡을 썰어 물에 불려주세요.

2 당근, 애호박, 양파, 무를 채 썰어주세요.

3 현미유를 냄비에 적당히 두르고 양파를 먼저 볶아준 뒤, 양파가 살짝
   투명해지면 당근을 넣어주세요.

4 애호박과 무를 넣고 계속 볶아주세요. 채소들이 충분히 숨이 죽을 때까지
   볶아주세요.

5 마지막으로 채소들이 잠길 만큼 물을 넣은 뒤, 불려둔 떡과 국간장,
   다진 마늘을 넣어 바글바글 끓여주세요.

6 통깨가루를 뿌려 마무리해주세요.

사계절
라면

온전히 한 계절을 누리기 위한 다양한 방법들이 있지만, 그중 제철 채소나 과일을 듬뿍 먹으며 그때의 맛을 즐기는 걸 참 좋아한다. 그래서 계절별로 제철 식재료를 기록해두었다가 때가 되면 집 앞 마트로 달려가 한아름 장을 보곤 한다. 각 식재료들마다 다양한 요리법이 있지만, 가끔 설거짓거리 없이 간단하게 한 끼 먹고 싶을 때면 제철 채소를 듬뿍 넣은 라면을 끓여 먹는다. 요즘은 채식 라면을 마트에서 쉽게 찾아볼 수 있는데, 그 맛이 기존 라면만큼이나 맛이 있다. 이 덕분에 봄에는 냉이라면, 여름에는 부추라면, 가을에는 송이라면, 겨울에는 매생이라면 등을 해 먹는다. 라면은 그냥 먹어도 충분히 맛있지만 이와 같이 각 계절의 제철 식재료와 함께 끓이면 간단하지만, 나름 잘 차려진 제철 한끼를 즐길 수 있다.

어설프지만 채식 일상을 시작한 지 사계절이 지난 요즘은 냉동밥이나 인스턴트식품 그리고 빵 등으로 대충 끼니를 해결하던 때와 달리 자연의 속도와 나의 속도에 맞게 채식 일상을 꾸려가고 있다. 더불어 지난 1년간의 채식 일상을 기록하며 내 몸과 마음 그리고 자연에 대한 이해도 조금씩 깊어졌다. 앞으로 만나게 될 수많은 계절 속에서 무엇을 배울 수 있을지, 그리고 어떤 요리로 일상을 채우게 될지 궁금해진다.

회사에서
점심을 먹는다는 것

채식을 시작하고 난 뒤, 가장 어려운 점을 꼽으라면 딱 한 가지가 있다. 바로 회사에서 점심을 먹는 것이다. 우리 회사 식당의 점심 메뉴는 한식, 양식, 간편식 이렇게 단 세 가지밖에 없기 때문이다. 그리고 대부분의 경우, 식단의 메인 메뉴는 고기반찬이다. 그래서 월요일마다 일주일간의 회사 점심 메뉴를 찾아보고 도시락이 필요한 날을 확인하는 것이 습관이 되었다.

보통 고구마나 샐러드, 샌드위치를 준비하는데 가끔 늦잠을 자는 날이면 회사 근처 카페에서 과일 스무디로 간단히 끼니를 해결하기도 한다. 오늘도 늦잠을 자는 바람에 과일 스무디로 점심을 대신했다. 그러다 문득 만약 회사 식당에 채식인을 위한 식단이 생긴다면 바닥난 내 애사심이 솟아오를 거라는 생각이 들었다.

나 자신을
믿어주기

#64

요즘 내게 가장 필요한 것은 바로 나 자신의 응원이다. 나 홀로 뒤처져 변화를 따라가지 못하는 것 같을 때, 남들보다 모르는 게 너무나 많을 때, 이런 현실이 계속되어 내가 속한 이곳에서 점점 내 자리가 사라질 것 같을 때, 이런 부정적인 생각의 무한궤도에 서 있을 때, 내가 할 수 있는 단 두 가지는 끼니를 잘 챙겨 먹고 나 자신을 믿어주는 것뿐이다. '욱' 하는 마음에 술과 함께 자극적인 안주를 먹으면, 다음 날 퉁퉁 부은 몸과 메스꺼움만 남는다는 걸 이제는 안다. 그래서 오늘 저녁은 술 대신 마라크림 떡볶이를 선택했다.

답답한 마음과 콧속을 뻥 뚫어줄 마라소스, 소울메이트와 같은 떡볶이의 콜라보. 쫀득한 쌀떡을 알싸한 마라크림에 듬뿍 찍어 먹으며 나만의 주문을 외우면서 한껏 작아진 나 자신을 달랜다.

이렇게 맛난 떡볶이를 만들 수 있으니까 난 뭐든 잘 해낼 거야. 남들보다 한발 늦었지만, 다시 꾸준히 하면 잘 해낼 수 있어. 저 멀리 앞에 서 있는 사람들을 멍하니 바라보기보다, 천천히 내 속도에 맞추어 걸어가고 있는 내 발걸음을 응원해주자.

마라크림떡볶이

마라소스와 각종 채소 그리고 두유로
간단히 만들어 즐길 수 있는 색다른 떡볶이
요리법이에요. 마라 특유의 알싸한 맛이 두유로
살짝 부드러워지면서 누구나 부담 없이 즐길 수
있어요.

재료
(1인분 기준)

청경채 2개
대파 1/3개
팽이버섯 1/3T
느타리버섯 1줌
쌀떡 1그릇

현미유 1T
마라소스 4T(취향에 맞는 제품 준비
[하이디라오 마라샹궈 소스])
무가당두유 1팩

만드는 법

1   쌀떡을 물에 미리 불려두고, 팽이버섯과 느타리버섯, 청경채, 대파를
    다듬어주세요.

2   프라이팬에 현미유를 두르고 먼저 파를 볶아 파 기름을 낸 뒤 버섯을 넣고
    볶아주세요.

3   마라소스를 조금씩 넣어주세요. 중간에 간을 보면서 양을 조절해주세요.

4   불려둔 쌀떡을 넣고 같이 볶아주세요.

5   청경채를 넣고 무가당두유를 넣어주세요.

6   청경채가 살짝 숨이 죽으면 불을 끄고 그릇에 담아주세요.

맛의
DNA

65

어릴 적, 떡볶이는 옆집 친구처럼 흔한 분식집 메뉴였는데 이
제는 다양한 요리법으로 새롭게 그 존재감을 떨치고 있는 녀석
이다. 유명 떡볶이 프랜차이즈에서도 신제품이 쏟아지고 있지만
난 여전히 엄마가 해주셨던 채소가 듬뿍 들어간 칼칼한 맛의 국
물 떡볶이를 가장 좋아한다. 이런 이유 때문인지 종종 떡볶이가
먹고 싶은 날이면 엄마의 떡볶이 맛을 떠올리며 요리를 하는데,
그때마다 '엄마표 떡볶이 맛의 DNA가 나를 통해 생존해가겠구
나'라는 생각이 든다. 어쩌면 된장, 고추장 등과 같이 유명한 종
갓집 손맛 외에도 각 집마다 즐겨 먹던 평범한 음식의 맛들도 소
소한 추억들과 함께 자식들에게 전해져 살아가고 있을 테니 말
이다. 비록 점점 더 편리한 식생활을 추구하는 사회가 되고 있어
집마다 가지고 있는 맛의 다양성이 줄어들지도 모르지만, 식구
들 사이의 소소한 추억은 사라지지 않았으면 좋겠다.

두부를
닮고 싶다

#66

그냥 먹어도 맛있고, 찌개에 넣어 먹어도 맛있고, 구워 먹어도 맛있고, 조림을 해 먹어도 맛있고, 디핑소스를 만들어 찍어 먹어도 맛있고, 강정을 해 먹어도 맛있고, 튀겨 먹어도 맛있고, 유부에 넣어 먹어도 맛있고, 크림으로 만들어 빵에 발라 먹어도 맛있는 식재료는 바로 두부다. 두부의 매력은 끝이 없다.

이 녀석의 무한한 매력은 어디서 나오는 걸까? 온전한 모습은 담백하지만 이 음식, 저 음식에 들어가 찰떡같이 적용하며 여러 모습으로 색다른 매력을 뽐내는 두부를 닮고 싶다.

우연의
힘

집 근처 마트에 잠시 들러 와인 코너에서 화이트 와인 한 병을 사 왔다. 내일 무사히 출근하기 위해 딱 한 잔만 하기로 다짐했지만, 한 모금 마신 순간 '내일의 출근은 내일의 나에게 맡기자'라는 생각과 함께 초고속으로 태세 전환을 했다. 이렇게 맛있는 와인을 만나게 되다니! 연거푸 감탄하며 와인의 찬기가 사라지기 전에 후다닥 술상을 차렸다.

토르티야를 바삭하게 굽고 그 위에 바질페스토, 쑥갓페스토, 마지막으로 수제 살사소스를 얹은 정체불명의 음식을 먹었다. 냉장고에 있는 재료들로 급하게 만든 안주지만 간만에 만난 취향에 딱 맞는 화이트 와인과 함께하니 그 궁합이 생각보다 괜찮았다.

자주 찾아오진 않지만, 우연한 기회로 경험하게 되는 이 기분 좋은 맛 덕분에 익숙한 음식보단 새로운 맛에 좀 더 호기심을 가지고 도전하게 된다. 삶도 똑같지 않을까? 평소와 다른 생각과 마주했을 때, 색다른 배움으로 얻은 긍정적인 경험이 누적되면 좀 더 열린 마음으로 세상을 경험할 수 있지 않을까? 맛과 삶에 대한 경험 모두 더 풍성해지길 기대하며, 앞으로도 이렇게 기분 좋은 우연이 자주 찾아왔으면 좋겠다.

변하지
않는 것

세상이 너무 빨리 변하고 있다. 단순히 대중매체에서 전해지는 얘기가 아닌 내 오감으로 생생히 느끼고 있다. 자율주행 자동차, 커피 만들어주는 로봇 등 아직 기술이 성숙하지 않았다고 생각했던 분야가 이미 많은 이들의 일상에서 경험되었을 정도로 발전했다. 엄청난 기술 발전과 더불어 급변하는 기후 위기에 대응하고자 산업의 흐름 또한 변하고 있다. 그럼 이렇게 급변하는 세상에서 변하지 않는 건 무엇일까?

인간의 근본적인 욕구, '의식주' 이 중에서도 특히 '식'은 형태만 변할 뿐 본질은 변하지 않을 듯하다. '의'는 메타버스 세상이 온다면 가상 세계 속에서 내 아바타를 통해 그에 대한 욕구를 분출할 것이고, '주' 또한 가상 공간 속 집을 소유하는 방식이 되지 않을까? 하지만 세상과의 물리적 접근을 절대 끊을 수 없는 '식'의 경우, 신체를 유지하기 위한 활동이라는 근본적인 의미는 변하지 않을 것 같다. 정신은 다른 세계에 있더라도 현실 속 몸이

여전히 존재하고, 그 삶을 유지하기 위해 어떤 물리적인 형태로
든 우리 몸에 영양소를 주입해야 생존할 수 있기 때문이다. 그렇
다면 미래에도 변하지 않을 인간의 '식'에 대한 욕구는 지속 가능
한 방식으로 해결되고 있는 것일까? 단순히 내 일상만 봐도 최근
에 구매했던 마라소스는 플라스틱 용기 또는 비닐에 담겨 있었
고, 즐겨 먹던 아보카도가 엄청난 물 부족을 불러일으킨다는 걸
최근에서야 알게 되었다. 공공재처럼 여겨지는 공기, 물 그리고
땅에서 나는 수많은 먹거리 또한 지금과 같은 모습으로 존재하지
않을 수 있기에 매일 먹는 이 음식이 어떤 여정을 거쳐 내 식탁까
지 올 수 있었는지, 내가 소비하는 수많은 식품은 어떤 과정으로
만들어지는지 등 지금보다 더 깊은 관심이 필요한 때이다.

냉장고
폭발 방지 작전

집에서 늘 음식을 해 먹는다는 핑계로, 지난 몇 주간 퇴근길에 집 앞 슈퍼에서 채소 몇 봉지를, 온라인으로 고구마, 귤, 매생이, 시래기 등을 샀다. 세일한다고 사고, 맛있어 보인다고 사는 바람에 냉장고가 터지기 일보 직전이다.

냉장고 폭발을 막기 위해 빨리 먹어야 할 채소들을 골라냈다. 해치워야 할 첫 번째 적군은 숙주나물이다. 숙주나물을 반찬이 아닌 간편한 한끼로 먹을 수 있는 방법을 찾다 쌀국수볶음면을 만들기로 했다. 각종 자투리 채소와 숙주를 마구 넣어 만들었더니 '면'이라는 이름이 무색할 정도다. 숙주와 양배추를 땅콩소스에 볶아낸 요리랄까? 그래도 이 정체를 알 수 없는 요리로 만족스러운 저녁 식사를 끝낸 후, 두 번째 적군을 상대했다.

두 번째 적군은 바로 고구마, 곧 싹이 나올 것 같은 불길한 예감에 고구마말랭이 대량 생산에 돌입했다. 고구마를 깨끗이 씻어 에어프라이어에 한 번 굽고 적당한 크기로 썰어 오븐에 가지런히 배열한 뒤, 다시 구워 고구마말랭이를 완성했다.

이렇게 두 적군을 모두 물리치고 나니 왠지 모를 뿌듯함과 맥주 안주로 안성맞춤인 고구마말랭이를 얻었다. 제로 웨이스트를 실천하기 위한 오늘의 냉장고 폭발 방지 작전은 아슬아슬하게 성공했지만, 다시는 이런 전쟁을 치르는 일이 없기를….

땅콩소스쌀볶음면

피넛버터와 쌀국수면으로 동남아 여행 부럽지
않은, 맛있는 땅콩소스쌀볶음면을 만드실 수
있어요. 냉장고에 있는 각종 채소를 남김없이
먹을 수 있는 채식 요리이기도 해요.

재료
(1인분 기준)

쌀국수면 1인분
양파 1/4개
당근 1/3개
두부 1/3개
파 1/3개
숙주나물 1/3봉지
현미유 1T
페퍼론치노 1/2T

땅콩소스
피넛버터 3T(무가당, 저염 제품)
진간장 2T
레몬즙 1T
올리고당 2T
스리라차소스 1/2T

토핑
말린 고수가루 1/2T 또는 생 고
수잎(선택사항)

만드는 법

1 쌀국수면은 미지근한 물에 30분 이상 불려주세요.

2 면을 불리는 동안 땅콩소스 재료를 모두 넣고 골고루 섞어주세요. 맛을 보면서
   간을 보고, 좀 더 매콤한 맛을 원하시면 스리라차소스를 조금 더 넣어도 좋아요.

3 현미유를 두르고 두부는 정육면체 모양으로 썰어 프라이팬에 올려 모든 면이
   골고루 익도록 구운 뒤, 접시에 덜어주세요.

4 프라이팬에 현미유를 두르고 페퍼론치노를 살짝 볶아 매운 향을 낸 뒤,
   채 썬 양파를 넣고 볶아주세요.
   TIP. 페퍼론치노 대신 청양고추를 사용할 수 있어요.

5 채 썬 당근도 함께 볶다가 채 썬 파와 땅콩소스, 불려놓은 쌀국수면을 넣고
   센 불에 볶아주세요.

6 숙주를 넣어 살짝만 볶은 뒤 미리 구워놓은 두부와 고수를 넣어 마무리해주세요.

절기 음식으로 느끼는
시간의 변화

#70

요즘은 계절의 변화와 시간의 흐름을 음식으로 느끼고 있다. 이렇게 절기에 맞는 음식을 챙겨 먹으면 지금까지 잘 살아왔으니 앞으로도 잘 부탁한다는 인사를 내 몸에 전하는 기분이다. 이와 더불어 자연에서 오는 수많은 먹거리에 다시금 감사하는 마음도 든다.

꽤 오랜 시간 1인 가구로 살면서 이렇게 계절과 절기에 맞는 음식을 먹는다는 건 어려운 일인 줄만 알았는데, 막상 챙겨 먹어 보니 어렵거나 번거롭기보다는 스스로를 아껴주는 기분이 든다는 것을 깨달았다.

건강하게 잘 살아줘서 고맙고 올해도 잘 부탁해.

Be
myself

#71

즐겨 입는 맨투맨 중 〈Be myself〉라는 브랜드의 옷이 있다. SNS에서 이 옷을 보자마자 홀린 듯 결제를 한 이유는 가슴에 적힌 문구가 마음에 쏙 들었기 때문이다. "More myself." 더욱더 나 자신이 되기. 모두가 자기 자신이 되기 위해 매일 발버둥치며 살아가고 있지만, 이 문구대로 살아가는 사람이 얼마나 있을까? 아마도 저마다의 이유로 어떤 날에는 나의 있는 모습 그대로, 나답게 살지 못해 괴로워하고 또 어떤 날에는 나답게 살아갈 수 있음에 감사하며 일상을 살아가고 있을 것이다.

나도 가끔은 내 모습 그대로 살아갈 수 있는 자유로운 삶을 기다리다 지치기도 한다. 그럴 때면 나 자신을 위한 밥상을 준비한다. 어떤 상황에서도 무엇을 먹을지 선택하는 건 온전히 내 자유기에 이 순간을 더 소중히 하는 편이다.

쌀을 씻어 밥을 짓고, 육수를 내어 국을 끓이고 반찬 몇 가지를 준비하는 시간에 집중하면 어느새 무거웠던 머리가 가벼워진다. 요리가 끝난 뒤, 넷플릭스와 유튜브 없는 고요한 공간에서 홀로 밥을 먹으면 잃어버렸던 나 자신을 되찾은 기분이 든다. 이 맛에 오늘도 난 나를 위한 요리를 준비한다. 나 자신으로 살기 위한 힘을 비축하기 위해….

냉이와
3월의 환영식

#72

긴 겨울이 끝나간다. 3월이 온 기념으로 봄나물의 대표 주자 냉이를 듬뿍 넣은 냉이된장국을 끓였다. 냉이만이 가진 고유의 향이 국물에 살짝 배인 이 맛, 코와 입으로 봄을 느낄 수 있는 순간이다. 냉이에 묻은 흙을 털고 뿌리를 하나하나 다듬을 때 흩어지는 냉이의 향이 온전히 우러난 맛은 3월이 시작되었음을 알아차리기에 더할 나위 없이 완벽했다.

계절의 변화를 느끼는 다양한 방법 중 오감을 모두 활용할 수 있는 건 제철 요리를 해 먹는 일이 아닐까 싶다. 집 앞 마트에서 자기만의 색을 뽐내는 식재료를 골라 하나씩 손으로 손질하며 신선함을 느끼고, 요리하며 재료의 온전한 향을 경험하고, 직접 요리한 음식을 맛보며 고유의 질감을 혀와 귀로도 즐길 수 있다.

이렇게 봄나물과 함께 몸도 마음도 봄을 맞이할 여유를 가득 채워나가는 계절이 되었으면 좋겠다.

다시,
처음

#73

오늘은 학생들의 새 학기가 시작되는 개학 날이다. 학창시절의 나 역시 개학 날이면 약간의 설렘과 긴장으로 등교하곤 했다. 물론 지금은 삼일절 연휴 다음 날의 출근을 힘들어하는 평범한 직장인이 되었지만 말이다. 평소 같았으면 별생각 없이 지나갈 날이지만 올해 특히 개학 날에 눈길이 간 건, 내가 10년 차 회사원으로 접어들었다는 사실이 문득 떠올랐기 때문일까? 아니면 반복되는 회사 생활 속 무료함에 몸부림치고 있기 때문일까?

그 이유가 무엇이든 '첫', '처음', '새로운 시작'과 같은 이런 단어는 약간의 설렘과 걱정, 긴장감이 묻어 있는 양념과 같은 것 같다. 요리할 때 양념을 넣으면, 재료의 맛이 한층 더 살아나는 것처럼, 내 삶 또한 '처음'이라는 양념으로 좀 더 재미난 일상이 간절한 요즘. 잠시 머리를 굴려 시간과 예산을 고려해보니 가장 손쉽게 할 수 있는 건 해보지 않은 요리에 도전해보는 것이었다.

이렇게 의식의 흐름대로 결정된 오늘의 요리는 바로 두릅장 아찌다. 두릅을 요리해본 적도, 장아찌를 만들어본 적도 없기에 약간의 즐거움과 기대감으로 퇴근길을 달려와, 집에 들어오자마자 옷도 갈아입지 않은 채 바로 부엌으로 향했다. 엄마가 보내준 두릅을 데치고 몇 가지의 레시피를 참고해 내 입맛에 맞게 간장 양념을 만든 뒤, 데친 두릅 위에 양념을 살포시 덮어주니 두릅장 아찌가 완성되었다. 어렵지 않은 조리법이지만 단 한 번도 내가 스스로 만들 것이라 상상조차 해보지 않은 요리를 시도한 게 괜스레 뿌듯했고 즐거웠다. 그래서 사진까지 찍어 인생 첫 장아찌라며 동네방네 자랑하고 난 후 문득 깨달은 것이 있다.

매일 반복되는 일상 속 설레고 즐거운 순간은 이렇게 소소한 일, 새로운 시도들로 이뤄진다는 것이다. 오늘처럼 즐거운 시간이 조금씩 모이면 내일이 기대되는 설렘 가득한 일상을 만들어갈 수 있을 것이다.

이 단순한 진리가 이제서야 머리에서 가슴으로 내려왔다. 일상이 무료했던 건 내가 바다 위에서 노를 젓는 대신 마냥 누워

둥둥 떠다니며 "지루해!"라고 하늘을 보고 소리치고 있었기 때문
이다. 어서 다시 일어나 노를 잡고 움직여보자.

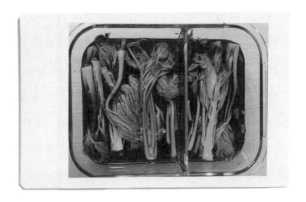

끼니의
중요성

#74

길어진 회의로 점심시간을 놓치는 바람에 오늘도 카페에서 딸기 스무디로 끼니를 간단히 때웠다. 퇴근 후에는 저녁 약속이 있어 빵으로 끼니를 해결하고 집에 들어오니 몸도 마음도 모두 방전된 상태에 이르렀다. 배는 고픈데, 시간이 늦어 고민하던 중 예전에 사둔 쌀국수를 발견했다. 이거라도 먹자 싶어 쌀국수 한 그릇을 먹으니 그제야 방전된 몸이 조금은 정신을 차렸다. 매일 잘 챙겨 먹다가 오늘 딱 하루 끼니를 대충 때웠는데도 불구하고 몸이 항의하듯 불평하는 걸 보며, 문득 과거에는 이 불평을 내가 다 무시해버렸다는 생각이 들었다.

밥하는 게 귀찮아 레토르트식품과 편의점 도시락, 배달 음식, 빵으로 위를 채우던 시절의 나는 이상 신호를 보내며 항의하는 몸의 외침에 귀 기울이지 않았다. 당시 만성 소화불량에 피로까지 겹쳐 고생을 했는데, 제때 잘 먹는 건강한 끼니가 답인 줄 알면서도 실천하지 못하고 영양제만 몸에 들이붓고 있었다. 그리

고 결국 몸이 고장나 호되게 혼이 났다. 그래도 채식을 실천한
이후로는 사이좋게 잘 지냈건만, 방심하다 옐로카드를 받은 느
낌이다. 레드카드를 받지 않도록, 내가 먹는 음식이 곧 내가 됨
을 명심하자.

요리사
놀이

쑥갓으로 만든 파스타, 태어나서 단 한 번도 먹어보지 않은 음식이다. 냉장고에 쑥갓이 한 다발 정도 남아 있길래 이걸로 뭘만들 수 있을지 고민하다 페스토를 생각해냈다. 바질이나 루꼴라처럼 향이 강한 녹색 채소이기에 페스토로 잘 어울릴 것 같아바로 만들어보았다.

그 결과는 쑥갓 특유의 알싸한 향이 물씬 나면서 존재감이 아주 두드러지는 맛이 났다. 지금 이대로 파스타를 만들어서 먹기엔 향이 조금 강렬한 것 같아 오래 볶은 양파로 단맛을 더해 첫쑥갓페스토파스타를 완성했다.

첫 한입을 먹는 순간, 머릿속으로만 상상했던 맛이 입안에서느껴지는 그 행복은 이루 말할 수가 없다. 소박한 식당의 요리사가 된 듯, 오로지 나만을 위해 요리하는 주말 이 시간이 더할 나위 없이 행복하다.

쑥갓페스토파스타

쑥갓페스토파스타는 쑥갓 특유의 향긋한
매력을 오롯이 즐길 수 있어요. 남은
쑥갓페스토는 바삭한 빵 위에 얹어 같이
먹어도 맛있어요.

재료
(1인분 기준)

쑥갓페스토
쑥갓 1단
다진 생강 1T
대파 1/2개
현미유 1T
진간장 또는 맛간장 1T
물 1T

쑥갓페스토파스타
쑥갓페스토 3T
양파 1/2개
푸실리파스타면 1그릇
물 1.5L
소금 2T
현미유 1T

만드는 법

1   쑥갓을 깨끗이 씻어 잎과 줄기로 나누어 썰어주세요.

2   현미유에 다진 생강을 넣고 볶다가 향이 올라오면 대파를 넣어 같이 볶아주세요.

3   쑥갓 줄기를 먼저 넣어 볶다가 숨이 살짝 죽으면 잎을 넣어 볶은 뒤, 믹서기에
    진간장 또는 맛간장과 물을 각각 1T씩 넣어 갈아주세요. 이때 간이 부족하면
    소금을 추가해주세요.

4   물 1L에 소금 2T 정도를 넣은 뒤, 물이 끓으면 푸실리파스타면을 넣어주세요.

5   프라이팬에 현미유를 두르고, 채 썬 양파를 달달 볶아 살짝 갈색으로 변하면,
    미리 만들어놓은 쑥갓페스토 3T과 함께 믹서기에 갈아주세요. 수분이 부족한 것
    같으면 면수를 조금 넣어 곱게 갈아 쑥갓소스를 만들어주세요.

6   10분 정도 삶은 푸실리파스타면을 넣고, 쑥갓소스와 함께 잘 버무려주세요.

봄소풍
기분 내기

고향집에서 돌나물과 함께 보내주신 두릅으로 간장두릅나물, 된장두릅나물 한 무더기를 만들어 비빔밥 재료나 반찬으로만 조금씩 먹다가 오늘은 새로운 메뉴로 변신시켜보았다.

베란다에 잔뜩 들어오는 봄 햇살을 제대로 즐기지 못하는 재택근무자의 애환을 달래고자 봄소풍 기분도 낼 겸 남은 두릅나물을 활용해 김밥을 돌돌 말았다. 이름하여 봄나물로 만든 봄소풍용 두릅김밥.

김이 모락모락 나는 갓 지은 밥에 참기름, 통깨가루, 맛소금으로 간을 해 그냥 퍼먹어도 맛있는 밥을 만든 뒤 단무지 대신 신김치를 송송 썰어서 넣고 미리 만들어둔 간장두릅나물을 김 위에 올려 푸짐하게 얹어 돌돌 말았다.

김밥을 하나씩 먹을 때마다 스스로에게 이렇게 되새겼다. 난 지금 뚝섬 유원지에 돗자리를 깔고 도시락을 까먹는 중이다. 난 지금 서울숲 잔디밭에서 봄 햇살을 받으며 봄나물 김밥을 먹는 중이다. 비록 이런 상상이 부질없어 보일지라도 뭐 어때? 좀 더 즐거운 식사 시간을 보낼 수 있다면 그만이지!

샐러드
김장

간만에 초록빛의 채소를 잔뜩 사 와서 샐러드 김장을 했다. 단돈 오천 원과 약간의 시간만 투자하면 이렇게 푸짐한 샐러드 파티를 벌일 수 있다. 예전에는 채소를 다듬는 게 번거로워 포장된 천 원짜리 채소 믹스를 사서 먹었지만, 이제는 샐러드 김장의 가성비와 신선한 맛을 놓칠 수 없어 직접 샐러드를 만들어 냉장고 한가득 쟁여둔다. (덤으로 일회용 플라스틱과 비닐 사용도 줄어든다.)

이렇게 샐러드 김장을 마치고, 배추겉절이를 하듯 냉장고에 있는 과일을 툭툭 잘라 넣고 레몬드레싱을 쓱 뿌려 먹으니 세상 아삭하고 상큼한 맛에 기분까지 상쾌해졌다. 이번 주말 내내 샐러드를 맘껏 먹으며 한 주간 지친 몸과 마음에 상쾌함이 깃들 수 있도록 잘 쉬어보자.

딸기
먹는 날

#78

오랜만에 딸기 한 팩을 샀다. 이렇게 딸기를 사는 날이면 스스로에게 선물을 주는 듯한 기분이다. 어릴 때부터 딸기는 특별한 날 먹는 비싼 과일이라는 인식이 있어서 그런지 딸기는 '간만에 좋은 것 좀 먹어볼까?'라는 생각이 들 때 사 먹는 과일이다. 그런데 왜 난 딸기를 생각하면 자연스레 이런 마음이 드는 걸까?

곰곰이 생각해보니 타지 생활을 시작하던 스무 살 무렵부터 가끔 고향에 내려갈 때면 엄마에게 "딸내미 먹이려고 큰마음 먹고 딸기를 사놨어"라는 이야기를 자주 들었기 때문인 것 같다. 보통 딸기 한 바구니를 사면 기본 만 원, 이 만원은 훌쩍 넘기에 내가 내 돈으로 과일을 사 먹을 땐 선뜻 손이 가지 않는 것이 사실이다. 엄마는 이런 마음을 아셨는지 고향집에 내려가면 늘 딸기를 사서 식탁 위에 올려두셨다. 그럴 때마다 아빠는 딸내미가 올 때만 딸기를 산다며 소소한 질투를 하시기도 했다. 이러한 추억 때문에 딸기에 대한 나만의 이미지를 덮어둔 건 아닐까?

이런 생각이 꼬리에 꼬리를 물어 괜스레 엄마에 대한 미안함과 고마움으로 감성이 진해진다. 오랜만에 엄마, 아빠도 드실 수 있도록 딸기를 보내드려야겠다.

봄을 닮은
식감

엄마가 키운 돌나물이, 고향집 마당을 떠나 오랜 여행 끝에 우리 집에 도착했다. 집 앞 슈퍼에서 만나는 돌나물과 달리 시골 텃밭 출신이기에 좀 더 아삭한 식감이 느껴지는 건 단지 내 기분 탓일까? 3월의 꽃샘추위를 견딘 후 4월의 봄 햇살을 마음껏 받은 덕인지 돌나물의 식감과 색감이 봄을 똑 닮았다. 이렇게 봄의 기운을 잔뜩 머금은 돌나물은, 깨끗하게 씻어 조리하지 않은 그대로 뜨끈한 쌀밥에 듬뿍 얹어 초고추장과 함께 쓱쓱 비벼 먹는 것이 제맛이다.

어릴 때는 돌나물 특유의 풀 향 때문에 살짝 눈살을 찌푸리곤 했는데, 세월이 지난 지금은 이 향이 돌나물만의 식감을 더 돋보이게 만드는 것처럼 느껴진다. 앞으로 살아가는 동안 무엇이든 모두 온전한 그 자체의 모습을 바라볼 수 있는 입맛과 안목을 갖춘 지혜로운 사람이 되었으면 좋겠다.

소풍 가는
날처럼

80

요즘은 출근과 재택근무를 병행하고 있는데, 재택근무를 하
는 날이면 전날 저녁부터 뭘 해 먹을지 세상 진지하게 고민하는
편이다. 오랜 고민 끝에 선택한 오늘의 점심 메뉴는 도시락계의
베스트셀러, 유부초밥이다. 두부와 익은 김치를 참기름에 살짝
볶아 그대로 유부에 넣기도 하고, 두부와 밥을 섞어 만든 두부밥
을 유부에 꾹꾹 눌러 담았다.

오랜만에 유부초밥을 해 먹으니 소풍 가서 도시락을 까먹는
기분이 물씬 났다. 김밥은 자주 사 먹는 편이지만 유부초밥은 딱
히 먹을 일이 많지 않아 왠지 색다르게 느껴졌다. 이렇게 점심
한끼로 소소한 설렘을 누리고 있으니, 유부초밥이 가득 든 도시

락통을 들고 소풍 가는 날을 손꼽아 기다리게 된다. 비록 몸은 집에 콕 박혀 있지만, 마음만은 소풍 가는 날처럼 즐길 수 있도록 꾸준히 노력해야지.

"우린 우리 인생의 하루하루를 항상 함께 시간여행을 한다.
우리가 할 수 있는 최선은 이 멋진 여행을 즐기는 것뿐이다"
　　　　　　　　　　　　　　　　- 영화 <어바웃 타임> 대사 중

두부유부초밥

담백한 두부와 새콤한 신 김치의 궁합이
돋보이는 유부초밥. 탄수화물 섭취를 줄이고
싶으시면 밥을 빼고 두부로만 채워도 아주
든든해요.

재료
(1인분 기준)

시판용 유부초밥 재료 1봉지　　　참기름 1T

찌개용 두부 1모　　　　　　　　통깨가루 1T

잘 익은 김치 1/3포기　　　　　　밥 1그릇(선택사항)

만드는 법

1   키친타월로 두부의 물기를 최대한 제거하고 사정없이 으깨어주세요.

2   잘 익은 김치를 깨끗이 씻어 잘게 다져준 뒤 프라이팬에 두부와 함께 잘
     섞어주세요. 이때 밥을 함께 섞을 수도 있어요. 그다음, 참기름 1T을 넣고
     중간 불로 살짝 볶아주세요.

3   통깨가루와 시판용 유부초밥 재료 안에 들어 있는 조미액과 채소플레이크
     등을 모두 넣고 섞은 뒤 유부 안을 가득 채워주세요.

와플 팬의
마법

#81

예전부터 와플 팬을 살까 말까 고민하다 결국 주방에 들이고
말았다. 무슨 요리로 첫 개시를 할지 고민하다 냉동실에 유물처
럼 보관된 쑥떡이 생각났다. 와플팬에 참기름을 바른 뒤, 꽁꽁
얼어 있던 쑥떡을 살포시 얹어 앞뒤로 뒤집어가며 정성스레 구
웠다. 어떻게 변했을까? 두근대는 마음으로 와플 팬을 여는 순
간, 이마에 주름이 가득 잡혔고, 눈은 동공이 확장되었다.

겉은 노릇노릇하게 잘 구워져 와플 모양이 아름답게 잡혀 홈
카페 분위기를 내기에 딱 알맞은 쑥떡와플이 만들어졌다. 여기
에 콩가루를 솔솔 뿌리고 아가베시럽을 듬뿍 얹은 뒤, 칼로 썰어
먹으니 여기가 디저트 맛집임을 진실의 미간이 증명해주었다.
다음엔 어떤 재료로, 와플 팬이 마법을 부리게 할지 행복한 고민
에 빠져 헤어나올 수가 없다.

늘 지금처럼

처음엔 단지 건강을 위해 '채식'이라는 식생활을 시작했는데 이제는 몸과 더불어 마음도 점점 건강해지고 있음을 느끼고 있다. 채식을 시작하며 좀 더 맛있고 다채로운 밥상을 위해 어설프게 시작한 요리였지만, 시간이 흐를수록 채소를 요리하는 시간들이 나를 위로하고 있었다. 스스로를 돌보는 데 소홀했던 내가 직접 음식을 만들어 먹으면서 나에게 말을 거는 법을 조금씩 배워갔고 오늘은 무엇을 먹고 싶은지, 몸 상태는 어떤지, 마음은 힘들지 않은지 등, 그날의 나에게 맞는 음식을 먹으며 지친 몸과 마음을 토닥였다. 그렇게 낯설고 어설펐던 채식이 익숙해져 이제는 지극히 평범한 일상이 되었다.

그리고 단지 '먹거리'를 바꿨을 뿐인데 도미노처럼 '생각거리'까지 변화하기 시작했다. 요리에 진심이 되면서부터 자연스레 식재료가 어디서 오는지 궁금해졌고, 더 나아가 환경에 대해 관심을 가지게 되었다. 지구에 살고 있는 내가 누리는 모든 것들이 결코 당연한 것이 아님을 알게 되었고 이제는 최대한 지구에 무해한 삶을 살기 위해 노력하고 있는 중이다.

나의 작은 반 평 주방에서 시작한 소박한 채식 일상, 늘 지금처럼 온전하고 무해하게 누릴 수 있기를 바라며 글을 마친다.

초보 채식인의 채소로운 일상 기록

채식 일기

초판 1쇄 발행 2024년 8월 16일

지은이   온느
펴낸이   김경희
편 집   강수지
디자인   정나영

펴낸곳   (주)미션캠프
출판등록 2024년 7월 22일 제 2024-000164호
주 소   서울시 마포구 성지길25, 보광빌딩 4층
홈페이지 www.missioncamp.kr
메일   contact@conceptzine.co.kr

저작권자 (주)미션캠프
ISBN   979-11-988591-1-2 (00810)

* 컨셉진은 출판사 (주)미션캠프의 출판 브랜드입니다.
* 잘못된 책은 구입하신 서점에서 교환해 드립니다.
* 이 책의 판권은 (주)미션캠프에 있습니다.
* 이 책의 전부 또는 일부 내용을 재사용하려면 사전에 저작권자의 동의를 받아야 합니다.